我

听到了
时间的

雨声

龚刚　著

暨南大学出版社
JINAN UNIVERSITY PRESS

中国·广州

图书在版编目（CIP）数据

我听到了时间的雨声/龚刚著.—广州：暨南大学出版社，2022.11
（2023.1 重印）
ISBN 978 - 7 - 5668 - 3514 - 7

Ⅰ.①我… Ⅱ.①龚… Ⅲ.①诗集—中国—当代 Ⅳ.①I227

中国版本图书馆 CIP 数据核字（2022）第 182964 号

我听到了时间的雨声
WO TING DAO LE SHIJIAN DE YUSHENG
著 者：龚 刚
···

出 版 人：张晋升
策划编辑：杜小陆 黄志波
责任编辑：黄志波 黄 球
责任校对：刘舜怡 郑作民
责任印制：周一丹 郑玉婷

出版发行：暨南大学出版社（511443）
电 话：总编室（8620）37332601
　　　　营销部（8620）37332680 37332681 37332682 37332683
传 真：（8620）37332660（办公室） 37332684（营销部）
网 址：http://www.jnupress.com
排 版：广州良弓广告有限公司
印 刷：佛山市浩文彩色印刷有限公司
开 本：787mm×960mm 1/16
印 张：19.75
字 数：301 千
版 次：2022 年 11 月第 1 版
印 次：2023 年 1 月第 2 次
定 价：79.80 元

序　抗拒非诗化与伪抒情

废名以为："如果要做新诗，一定要这个诗是诗的内容，而写这个诗的文字要用散文的文字。以往的诗文学，无论旧诗也好，词也好，乃是散文的内容，而其所用的文字是诗的文字。我们只要有了这个诗的内容，我们就可以大胆地写我们的新诗，不受一切的束缚……我们写的是诗，我们用的文字是散文的文字，就是所谓自由诗。"①

"文字是散文的文字"好理解，也就是不追求外在的格律或节奏。但到底什么样的内容才算诗的内容呢？是感悟，是激情，还是哲思？恐怕不易讲清楚。废名认为陈子昂《登幽州台歌》（"前不见古人，后不见来者。念天地之悠悠，独怆然而涕下。"）就是采用"散文的文字"。问题是，对今人而言，这首诗的语言毕竟还是文言，何况句式整饬，也未见其散。我们不妨将其翻译成大白话式的散文语言：

我往前看，没看到古代的贤君；我往后看，没看见后世的明主。我一想到天地是如此悠远，就伤感得直掉眼泪。

我们不禁要问，这还是诗吗？

有一种观点认为，有些特别像诗的东西恰恰不是诗，而另外有些散文化的东西恰恰是最好的诗，例如弗罗斯特（Robert Frost，1874—1963）的诗。其实，弗罗斯特的诗是日常生活中的哲理体验和民歌风味的外化，也许译本看着像散文，但英文原诗是很有节奏

---

① 废名：《新诗应该是自由诗》，《谈新诗》，北京：人民文学出版社，1985 年。

感和音韵感的。说到诗的散文化，其实可以举惠特曼（Walt Whitman，1819—1892）的诗歌作例子，那么长的诗句，那么繁复的内容，但总体表达上的节奏感和民歌风味，使它区别于散文。试着吟咏一下惠特曼的英文原诗，可以发现，英语与汉语的表达方式与节奏处理是有很大区别的。弗罗斯特与惠特曼的诗一翻译成汉语，韵味便丢了大半，所以弗罗斯特说，诗就是"翻译中丢失的东西"（what gets lost in translation）。

但毋庸讳言的事实是，汉语新诗很大程度上是在翻译文学的滋养下萌芽和生长的。人们谈论荷马，谈论荷尔德林，谈论弗罗斯特，谈论惠特曼，听起来头头是道，但实际上都是对优质或劣质翻版的看法，离原诗还隔着一层。由于西文表达和汉语表达存在着巨大差异，西文原诗的节奏感和音韵感几乎不可能在译诗中体现出来，即使勉力为之，也有很大变形，这就导致了西文原诗在翻译中的散文化。而在不少以翻译文学为摹本的中国现代诗人眼里，散文化的表达俨然成了新诗区别于旧诗的根本特征。废名的说法就是很有代表性的观点。其实，一首好的汉语新诗很可能每一个句子都是散文化的，一个句子与另一个句子之间不一定押韵，讲究对仗、对称，但它们之间的关系必须是"诗的关系"（建基于内在节奏之上），而不能是散文式的，从内容上看，则必须具有深刻的"诗性智慧"①，或者说是体验的深度。穆旦就是这方面的典范。

穆旦是一个有着卡夫卡之魂的汉语新诗人，他排斥古典诗词，深受西方现代文学影响（如英国诗人拜伦、奥登），主张"中国诗的文艺复兴，要靠介绍外国诗"，并擅长以欧化句法展现他那个时代的"丰富和丰富的痛苦"（见其诗《出发》）。

1975 年 9 月 19 日，穆旦写给郭保卫一封信，谈及西方现代诗与传统旧诗，并随信附上《还原作用》，信中说："这首诗是仿外国现代派写成的，其中没有'风花雪月'，不用陈旧的形象或浪漫而模糊

---

① 诗性智慧是一个文化人类学的概念，语出维柯（Giambattista Vico，1668—1744）的《新科学》。诗性智慧作为原始人类共同的思维方式，其本质特征大体表现在三个方面：一是诗性隐喻的以己度物；二是诗性逻辑的想象性类概念；三是诗性语言的生动形象性。详见维柯著，朱光潜译：《新科学》（第二卷），合肥：安徽教育出版社，2006 年。

的意境来写它，而是用了'非诗意的'辞句写成诗。这种诗的难处，就是它没有现成的材料使用，每一首诗的思想，都得要作者去现找一种形象来表达，这样表达出的思想，比较新鲜而刺人……"

确如穆旦本人所言，他写诗的过程，就是"认真思索"的过程。他是诗界的哲人，他的眼光似乎真有一种穿透力，既能感知情感现象背后最物质化的动态，又能上达神性超越的世界。他的哲理抒情、诗性悖论和有时阴郁甚至是阴暗的崇高，是他的诗歌世纪留给我们的伟大遗产。

当代诗坛，网络诗歌繁盛，几乎人人可以写诗，也导致诗作水平参差不齐，诗艺和立意均出现了各种问题，非诗化、伪抒情泛滥。在此背景下，以澳门诗人为代表的一批粤港澳大湾区及其他省市诗人，从包括穆旦在内的古今中外诗人的诗论里寻求理论支撑，提出了新性灵主义诗学，希望能够为中国现代诗的下一个百年提供一些方向性的参考和指导，同时由暨南大学出版社先后于 2018 年、2020年推出《七剑诗选》（谢冕、芒克题签，杨克撰序）、《新性灵主义诗选》（王岳川题签，梁丽芳、高远东、陈希撰序），构成了加拿大汉学家梁丽芳教授所谓"中国诗坛的独特风景"（《新性灵主义诗选》序言）。

沈天鸿在《总体把握：反抒情或思考》一文中说，在工业化的现代社会，"人们对诗的认识因此从牧歌、颂歌的田园走向了'忍住呕吐来观看自己的灵魂与肉体'（波德莱尔）的炼狱，诗，不再以抒发、保持感情和使读者产生情感为首要目的，而是将感情变成认识（当然这种认识纯属显示而非说教），唤起读者的能动性，迫使读者观察、判断。这样，反抒情或思考便在诗中取代了抒情的主体地位，现代诗便由此而与前此一切诗歌相区别"①。

反抒情的确是现代派的主导倾向。现代派因此成了浪漫主义的对立面，进而衍生出昆德拉式的反媚俗，解构一切矫情与虚妄。不过，现代派与昆德拉不应否认的是，人生中总有瞬间的感动与照亮，真正的抒情是突如其来的情感流露，任何时候都有不可解构的价值。

---

① 沈天鸿：《现代诗学：形式与技巧 30 讲》，北京：昆仑出版社，2005 年，第 232 页。

如果人生中没有瞬间的感动与照亮，那写诗、读诗就是无意义的事。西方现代诗歌的创作倾向之一是去浪漫化的浪漫主义。所谓去浪漫化，其实是指反对滥情。在荷尔德林看来，只有以超越的尺度为依托，才是真正的浪漫主义。这就是荷尔德林在诗作《在明媚的天色下》里推崇的"诗意地栖居"。所谓"诗意地栖居"，即是以神性尺度为依归的生存。① 穆旦所谓"非诗意"，也恰恰是对滥情、伪抒情及沉溺于风花雪月及古典意象等倾向的反思和纠偏。

毋庸置疑，抒情是诗歌的天职。但是，以诗歌的名义调情是可耻的。所谓反抒情的抒情，只有在反调情的意义上才是真诚的。在当今众多所谓先锋诗人的反抒情中，浮动着欲望的幽灵。而真正的抒情，应当不矫情，不滥情，不为欲望左右，真正的诗歌应当从心而出，照亮生命。这需要诗人保持反思的距离，并有独到的思维。因此，穆旦所谓"认真的思索"必不可缺。

俄国形式主义在诗歌与散文的区分上贡献很大，主要包括什克洛夫斯基提出的"陌生化理论"和雅各布森提出的"相似性原则"与"毗连性原则"。雅各布森认为人们对语言符号的选择具有相似性和隐喻特征，对语言符号的组合过程具有毗连性和换喻特征。由于人们对语言符号的选择具有共时性的向度，而对语言符号的组合具有历时性的向度，因此隐喻和换喻对理解诗语言中作者对语言符号的共时选择和历时组合具有很重要的意义。他进一步指出，诗歌中隐喻多于换喻，散文中换喻多于隐喻。诗歌中占支配地位的是相似性原则，无论是在格律，还是在音律、音韵等方面；而散文中占支配地位的是毗连性原则，换喻在其中起了很大的作用。

正因为自动化语言既深刻影响了我们的言说，也深刻影响了我们的思维，所以我们需要审美的启蒙，也就是要对已经习惯的一切认知方式和表达方式进行反思，并能有意识地区分日常语言和诗性语言。诗人眼中的世界与普通人在日常生活中看到的世界并不相同，诗人对于景物的感受也异于常人。例如，济慈的《夜莺颂》、雪莱的

---

① 龚刚：《"道"是无情却有情——人文学与神性情感》，乐黛云、李比雄主编：《跨文化对话》（第 27 辑），北京：生活・读书・新知三联书店，2011 年。

《致云雀》、戴望舒的《雨巷》等描写的都不是稀奇的景物，但这些景物在他们的诗笔之下变得奇丽动人、意蕴悠长。如果我们想理解诗人的创作状态，可以尝试换一个观察角度、换一种感受和呈现方式，来思考、体验身边的事物。

明清性灵派崇尚"独抒性灵，不拘格套"（袁宏道语）、"凡诗之传者，都是性灵，不关堆垛"（袁枚语）的创作自由，究其实质，是以《礼记·乐记》所谓感于物而形于声的"心物感应说"和王阳明的"心学"为思想根源，以人的自然本性、生命意识为核心，以佛教"心性"学说为推动，强调文艺创作的个性特征、抒情特征，追求神韵灵趣的自然流露。[1]

性灵派一反理学对人性的禁锢和前后七子的泥古剿袭，拓展了诗歌创作的内容和主题，革新并丰富了诗学理论。但是，他们过于强调天赋秉性对于文学创作的意义，忽视或低估了后天的积淀和参悟，其立论上的不完善产生了不少弊端。新性灵主义诗学的出现，除了针对当今诗坛的非诗化、伪抒情等现象，也意在矫正明清性灵派的偏颇，并对其核心主张进行更加符合现代生活和现代审美意识的拓展。

新性灵主义诗学不认为性灵纯为自然本性（natural disposition）。《荀子·性恶》称："凡性者，天之就也，不可学，不可事。"其实，先天之性也应于后天涵育之，否则就是一种混沌状态。钱锺书主张"化书卷见闻作吾性灵"[2]。的确，书卷见闻与抽象思辨皆可化为性灵，也就是说，性灵中可包含哲性，有后天修炼、参悟的成分。质言之，性灵者，厚学深悟而天机自达之谓也。新性灵主义作为一种创作倾向，主张冷抒情，既非反抒情、伪抒情，也不是纵情使气。长久的体验，瞬间的触动，冷静而内含哲性的抒情，大抵即是新性灵主义诗风。

21世纪中国诗坛涌现了不少标志着百年中国新诗的语言形式探索走向收获期的作品，它们的语言很成熟，情绪控制恰当，部分诗

---

① 袁枚著，顾学颉校点：《随园诗话》卷五，北京：人民文学出版社，1982年，第146页。

② 郑朝宗：《海滨感旧集》，厦门：厦门大学出版社，1988年，第8页。

句颇具巧思，但在这些作品中，富有震撼力的诗作并不多见。究其因，主要是欠缺宏阔的涵盖力、朴素锐利的生活质感与扎实的反讽。好诗是与现实的交锋，也是对现实的照亮。因此，诗境和诗语必须提炼，诗与散文也必须区别开来。

诗人不会比哲学家深刻，也不会比科学家聪明。诗人的天职是以诗性智慧照亮生命，以感性的力量触动人心。当今诗坛，有些诗人把自己看成先知，越写越玄，其诗如鬼画符，有些诗人自以为能为天地立法，越写越自我，其诗如大癫咒，都是装神弄鬼。修辞立诚，大道至简，一跃而起，轻轻落下，是诗之达道。我们不应关心另一个诗人是否会买我们的诗集，而应关心外卖小哥是否会买我们的诗集，他很可能是下一个诗词大会的冠军。

新性灵派以性灵为宗，自不会强求一律。从心而出，各展个性，又始终以智性的自觉节制情绪的夸大（穆旦在这方面树立了典范），即冷抒情，才是新性灵主义。举目诗坛，凡呆傻的、嘶吼的、油腻的、无灵气的、机械反应的、格律主义的、线性思维的、死抠建筑美的、大唱高调的、浪漫过头的、没有哲理深度的，都不是新性灵主义诗歌。当然，不能说凡是好诗都是新性灵诗。有些新格律诗受音乐美、建筑美约束，如《再别康桥》；有些诗纯以情动人，如冰心的母爱诗；有些诗纯智性，如玄理诗，都可能是好诗，但都不是新性灵诗。性情抒发融入哲性反思，又以气韵胜，方是新性灵诗，如北京外国语大学学者诗人汪剑钊的《怪柳》即是范例。新性灵主义诗学传承了明清性灵派的核心主张并给予扬弃，吸取中外诗学（尤其是穆旦诗论）的有益成分，积极参与现代生活，融入现代审美观，已经逐步建立起基本的理论框架，在创作实践上也产生了较大影响力，成为当今诗坛种种非诗化倾向的有力反击，也是对现代派、后现代派所谓反抒情的纠偏和对各种伪抒情的拒斥。

龚　刚

2022 年 6 月于澳门

目　录
Contents

第 2 辑　怀念与反讽

第 3 辑　轻与重

第4辑　空间与想象

第5辑　诗意与非诗意

终曲　荒原之后

序曲

五首历史狂想曲与一首轻快的歌

铜奔马

从千年前的凉州一跃而出
魏晋如龙雀，唐宋如飞燕，明清如游隼
须臾之间，啸聚古今

毕加索在电闪雷鸣的夜晚构思飞奔的鸵鸟
终究慢了一拍，而达利的玫瑰女孩
正从后现代的虚空坠落

饱满的躯体，飞扬的鬃鬣，是一种信念
从大漠、蓝天、浩荡的风云中汲取灵感

菩提树下的王子，马厩里的圣人
虔诚地苦思人间的戒律，缚不住
脱弦而出的利箭

飞矢不动。不是古希腊的诡辩
瞬间凝固的火焰，把热烈
发酵到极致

从打了火漆的酒桶中
斟一杯酒，仅存的红土气息，
有如青春，有如千年前，
那位凉州匠人的想象

——从江面上的粼粼波光

从仲秋草坪上的一丛青绿
从海平线上的一艘货轮
从引擎的轰鸣，由近而远

一一

序曲　五首历史狂想曲与一首轻快的歌

楼兰

南方之南，闷雷掠过天际
郁热的天气，仿佛永无尽头
翻过围墙的视线，翻不过墙外的山峦

楼兰在季节之外
漫漫黄沙，是开端
也是结局

一闪而过的繁华，从荒废的城垣
汲取灵感，传说中的红披巾
点亮冷月，万顷月光下，
埋葬着千年爱情

这是一个无须讲述的故事
所有的不朽都拒绝修辞
从寂灭深处，木旋花和骆驼刺
挣扎而出，如陨石溅落的光芒

此刻需要烈酒，天地辽阔
孤狼般的吼叫无人可闻，唯天地可闻
让风沙扑面，让寒风灌进胸口
让刀郎和云朵的歌声在永恒中回响
油腻的尘世，需要一次荡涤

玉门关的废墟在史诗尽头

走吧，从村口的小路出发
穿过习以为常的一切

玉门关的废墟
在史诗的尽头

鼓角与羌笛，比想象更远
不可阻挡的风，古往今来

刺目的沙砾上，芨芨草三五成群
在昏黄的苍茫中，扎住绿色

征蓬出汉塞，归雁入胡天
所有的旅人都是过客

驿站是一壶酒，一弯月，或千里之外
一枝蔷薇攀上窗棂

背景是一面墙
白色，一切俱足
一无所有

游目①民族之龙井与敦煌

蓝与绿的切换
在呼吸之间
江山的气息
清晰可辨

多年前种下的茶香
是悟不透的江南
未完的旅途，在万里之外

此刻，马蹄声起，马蹄声落
辽阔的寒意，叩响天际

孤独的风，需要拥抱
在记忆中坚持的，是湮灭于
未来的壁画和尘封的韶华

反弹琵琶，将妩媚撩拨到极致
云散处，灰瓦白墙，独对青山

仿佛有雨，来自时间深处
那一棵树，那一张茶桌，那些杯中的浮沉

能够被伞遮挡的，恰恰无须遮挡

---

① 这里的"游目"即游目骋怀之意。

颐和园

把江南拆迁到帝京
湖山亭台，一应俱全
然后是全世界最长的山墙
圈住全世界最大的园林

垂暮的王朝
独享清欢

和历朝历代的禁地一样
照例会冠以一个无比优雅的名字
嗅不到腐烂和血腥

百年后，许多秘闻尚待定论
许多碎片需要打捞
唯有天空与阳光，无须考证

白桦树也不必。树干上的松鼠，
轻快地蹿跃，像逃离历史一样，
逃离镜头

柳堤，蓼渚，碧空，秋水
让人无言以对，谁的凤辇从此经过，
无人理会

排云殿要以一身华贵
重新定位历史的重心
但我只关心松鼠和雨水

成为风

绵绵细雨是对大地的抚慰
秋凉如风
是的，成为风
成为让自己喜欢的词汇
在梦与现实的关隘穿行
啤酒罐打开了，就无法逆转
醉或不醉，依然可以选择
记忆中的火炉旁
与寒冷一窗之隔
内心的声音
比夜空更清晰
成为风，成为自己的音乐
成为行道树水一般退去的道路
属于你的星光
永远比寒冷更高

第 1 辑

时间与记忆

你和李白早有一场约会

我知道你是骑着唐马走的
你和李白早有一场约会
你迟迟没有赴约
因为你有九条命
剩下的一条　你要用来下酒
把岁月品出卤香

你早就蹚过了浅浅的海峡
你的乡愁
是坟里头的母亲
是策马行侠的盛唐

台北的冷雨你听过
黄河的栈道你走过
江南巷口的杏花
闻一闻　就醉了

你不喜欢哭哭啼啼的李煜
你总爱往清淡的日子　撒一点胡椒
有一次撒多了
吓走四个女婿
就像李白的醉书

吓走就吓走吧
只有误解的人
没有误解的爱

看过了花开
也看过了花谢
你放下酒杯
拍拍李白留下的五花马
淡淡一笑说　上路吧

第1辑　时间与记忆

你要在市侩的额头写诗

你在暴风雨中夺门而出
迎接雨后的彩虹
你在康桥的草原上
骑车追赶夕阳
你在薄霜铺地的树林里
独自守候最细微的春信
你在翡冷翠奔赴大自然的约会
像裸体的孩子扑入母亲怀抱

你是李白的后裔
你是拜伦的知音
你是蔡元培的辩护律师
即使撞破头
也要捍卫灵魂的自由

你喜欢风
你喜欢云
你喜欢天上的飞鸟
你喜欢
超越尘世的一切

你爱过
不顾一切
燃烧一切
因为爱
所以爱

不需要公证
不需要脚注

你要在海滩上种花
你要在市侩的额头写诗
你要在遍布荆棘的大地上
像野马一样驰骋

1931 年的大雾
是你的宿命
你从大地起飞
再也没有回来

轻轻的你走了
正如你轻轻的来
雾
仍未散
风
继续吹

无

从时间的洪流中一跃而起

看不见的钓钩
钓起一座海市蜃楼
越洋而来的葡人旧居
退到历史深处
淡青色的墙
砖红色的屋顶
榕树影里
随时可被抹去的几笔油彩

天空阴郁
赌客很忙
新移民的埃菲尔铁塔
与抢先一步的山寨威尼斯
挤作一团
全世界的方言
随风抛撒

我从时间的洪流中
一跃而起
攫住三朵
金黄色的芭蕉花
如此绚烂
在凋零之前

致大海

你是无尽的远方，奥德修斯的流浪，
你是麦哲伦的眺望，英格兰囚徒的哀叹，
你是门德尔松的礼赞，所有从大地出逃者的向往

冥想的时候，你是风帆，
滑翔伞，阳光和信天翁
愤怒的时候，你是金斯堡，
贝多芬，不由分说的激情

你的内心深处，隐藏着
森林，草原，衰亡的历史
每一艘沉船，都是你对人生的叹息和预言

因你而设的港口，是矛盾重重的隐喻，
回家和出发，疲惫和憧憬，
在同一条航道，裂变，交叉

涨潮，退潮，是你起伏的韵脚，优雅的修辞，
是茫茫天地间，自由的呼吸，
生与死，盛与衰，隔着一座教堂和一盏灯塔

你是无尽的远方，奥德修斯的流浪，
你把尘世的一切，化为传说和梦想，
不可告人的奥秘，潜藏在贝壳的漩涡，
奔跑的孩子，将它踩入沙滩的深处

关于阿罕布拉宫

从云到云
从风到风
从水到水
帝国的版图
像血污一样蔓延
像血污一样风干

八百年的岁月
被一笔勾销
阿拉伯文的雕饰
固守着回忆的据点

你的忧伤
如夕阳的落叶
与杀伐无关

雪

满天的星星
轻轻晃了晃
一场大雪
穿过夜幕和树梢
落在
记忆的每个角落

二十年前的脚印
从飞狐出逃的雪径
从午夜狂欢的冰面
延伸到
今晚的路灯下

抖一抖睫毛
仿佛有雪花飘落
你抓住了什么

2008 的回忆

一缕缕羽毛状的火焰
溅落在凤凰木绿色的树梢上
点燃了澳门的初夏
一个属于诗人的季节
一个可以开着二手敞篷车满街满山乱晃的季节
一个可以在正午的阳光下仰望教堂上空蓝色梦幻的季节
一个可以在黄昏的海边手握冰镇啤酒瓶悠然漫步的季节
一个让人遗忘了春的喧哗与冬的抑郁的季节

似乎真的都过去了
2008 年的第一场雪
似乎真的都过去了

远行的圣火
这饱经沧桑的游子
结束了它的奥德修斯之旅
风雨之中
依然有一片青翠的荷叶

似乎真的都过去了
那阳光所孕育的火种
像婴儿梦中的笑

当时钟指向两点二十八分
大地忽然开始颤抖
窗上的玻璃　全都打了个激灵

这一天
据说是佛诞节
在水溢山摇的洪荒中
千千万万的受难者
你们是否还相信奇迹

"亲爱的宝贝，如果你能活着，一定要记住我爱你"

你们听到了吗
这尘世中最美的声音

你们看到了吗
那生死相依的身影
那在死神面前张开的双臂

照亮了
天堂之门

蓝丹花

我能把大海的记忆插在陶瓷花瓶上吗
这莫名忧伤的蔚蓝
不可打捞的故事，漂流的荒芜
海平线，为更大的虚空划界

从黄昏出发
奔腾的潮水，正在营救
最后的蔚蓝

逆光中的蝴蝶
汇聚成风暴的末梢

一双双蓝色的翅膀
在陶瓷花瓶的上空飞舞
大海的回声，来自深藏的孤独
如此绚烂

芍药

大洋此岸，颜料横飞
收费的画室，放纵二次元的糜烂
阳光少年衣衫不整
零式飞机，侵入梦想的领空

大洋彼岸，流弹横飞
校园和派对，被宪法庇护的权利
剥夺了权利
惊慌的新闻，在餐桌的报纸上
一再按住伤口

传说中的中原，刚刚送走牡丹
芍药的出场，如同素颜的替身

在无人注目中，从容绽放
像是洞察了一切

细雨中的栀子香是一座废园

逼仄的石阶嘀嘀嗒嗒地攀升
大炮台在故事的尽头
凉茶铺，甜品店，药房
拾级而上
居民楼的门洞
在一把把雨伞下歇脚
细碎的落花在铁丝网后
铺开一层薄薄的地毯
白色的秋千椅
倾听着随风起伏的童年
细雨中的栀子香是一座废园
玛格丽特在每一个转角屏息
她的一袭白色西服的梁家辉
已在警匪片中沦为奸角
莱昂纳德·科恩仍在执着地抒情
"你已经爱够了，现在让我做你的情人"

把雪松种上天空

把雪松种上天空
把红印盖到鱼背
未知的使命，驱动着造化
远山在一万年之前
从南向北的风
见识过汹涌大海
所有的岛屿，在人类的汪洋中
执着地选择孤独
漫长的大桥，让时间现形
船与桥墩，投影在水面
如同秒针撞击时针
春树满山，凋谢的记忆
凋谢在记忆中
瘟疫，战火，所有内心的伤口
会在夏天来临前结痂吗
从未让生命扎根的石头
比一切生命更久远
人间的悲欢，是一场大雨
淋湿了每一个人

农民工与图书馆

当病毒的洪水退去
他们耕耘，生产，
从荒芜中获得救赎
他们是活命的水，看不见的空气
却经常被人忽视
他们来自最接近大地的乡村
在陌生的城市自食其力
养育坐而论道的闲人
他们对知识的热爱像萤火的光芒
照亮自己的命运和尊严
在图书馆的一角
有他们的身影
不比任何人卑微
"我来东莞十七年，
其中来图书馆看书有十二年，
书能明理，
对人百益无一害的
唯书也"
一位署名"湖北农民工"的读者
在东莞图书馆留言，
如同对着不得不分手的恋人表白，
想起这些年的生活，
最好的地方就是图书馆了，
虽万般不舍，
然生活所迫，
余生永不忘你"

读了一辈子书的博尔赫斯
希望天堂是图书馆的样子
因为热爱，所以众生平等
因为热爱，所以在苦难中
站立

这个世界被一一点亮

春天快过去了
人类的记忆
就像重症者的肺部
仿佛永远弥漫着白色

从花开到花落
自然的节奏不变
未曾笑，也未曾哭

绕过百里洲，湖北深处的百里洲
长江千年如一地奔向大海

起初是一穗火焰
然后是直达天际的燃烧
成熟的季节
有如汹涌的安慰

明黄色的麦地
席卷视线
哦，是上帝打翻了调色板
让蓝色更蓝

与长江并辔，笔直的柏油路
从绿色中驰骋而过
宛如去年的追风少年

麦粒在打谷场铺开
农人在为记忆分行
背后的红瓦白墙
比呼吸更分明

这个世界被一一点亮

陆家羲

1983 年的深秋
他摇摇晃晃地走下末班车
摇摇晃晃地走向家中
摇摇晃晃地走出时间
身后是 400 元欠款、穿孔的鞋
和数学大师的荣耀

——这荣耀已来得太迟
无法温暖一生的寒冷
对他的校长，那个在升学率上精打细算的上司来说，
寇克曼女生问题，斯坦纳系列，
这些难倒世界的数学奥秘，
一钱不值
数学王冠算什么，菲尔兹算什么
一周照样排十五节课

他走了
走过，也仅仅走过
48 个春秋
汹涌的黑发，早已枯萎
风很寒，火焰未熄，固执地
在荒凉中燃烧

世界被照亮，他的塑像
在殿堂，在心中
他的名字，穿透尘烟，深于
一切人为的刻痕

天太热，他去田垠乘凉了

杂交水稻的茎秆长得像高粱一样高
穗子像扫帚一样大
稻谷像一串串葡萄那么饱满
籽粒像花生那么大

他和老母亲坐在一起
回到清风徐来的童年
永远也不会老

人间的炊烟曾经熄灭
他用一生寻找溅落的火种

稻浪在阳光下起伏
像幸福的潮水

他在稻穗下坐着
身上还是那件几十块钱的旧衬衣
据说，这衬衣穿起来方便
下田的时候不用担心弄脏

今后更不会弄脏了
他从大地上捧起的希望
所有送行的人都会珍惜
像珍惜黄河源头的水和
清白如初的云

那个创造神话的人走了

——悼金庸

秋风吹过江湖
一片枯叶卷上天际
坠入一代人的记忆
那个创造神话的人走了

问世间
情为何物
看不见的火焰
将李莫愁烧成灰烬
郭襄欲哭无泪

成吉思汗自居英雄
不屑为情所困
一抔黄土
将他埋葬

侠之大者
不忍苍生受难
蠢笨的郭靖
不知道何为英雄

琴箫声中
令狐冲携任盈盈远去
盖世武功
弃之如敝屣

遥遥可见的背影
再也不会转身
沧海犹闻一声笑
那个创造神话的人走了

大西洋，我从你的海滩走过

淡青色的柏油路
射向远山
阳光如同风声
托起信天翁银色的翅膀

被巴黎、纽约、里斯本
呕吐出的人类
光着双脚
在天地间奔跑

欢叫的少女
一再跃入奔腾的海浪
像海豚的女儿

空气中是淡淡的盐味
…………

一千年前的沙砾
会在一千年后闪亮
如同今天

大西洋
我从你的海滩走过

我不喜欢残雪，但喜欢大海与啤酒

残雪是个女人
她喜欢收集死蜻蜓、死蛾子
喜欢隔着杨树叶子说话
黄泥街的每扇窗口
都让她芒刺在背

她起初以裁缝糊口
后来成了作家
一针一线
都歪歪斜斜
却刺痛灵魂

我知道
残雪是最后的坚持
也理解
有一种寒冷
拒绝融化
（诺贝尔文学奖除外）

但我依然喜欢大海与啤酒
从远古吹向未来的风
浩浩荡荡
吹干了被海水打湿的人类
能够被阳光穿透的
是手中的啤酒瓶
（艾略特干渴许久了？）

我无法想象海滩没有阳光

如果海滩没有阳光

如果雪天没有火炉

人生将多么荒凉

周末的灯下

除了柯南·道尔，还有克里斯蒂

多好

街边喝杯咖啡

阳台上看看流云

世间的功名本不可期

星战的故事，那些光与剑的传奇

两年一集

比遗忘更漫长

但我愿意

我无意击中历史的要害

江南涉海而来
茉莉花香穿透音符
细瓷杯中的水，微微泛起涟漪
终究容不下平湖画舫的想象
弗吉尼亚的乡村小路
此刻无人，温热的红土
酝酿着清晰可辨的生机
今夜的餐桌，会有热腾腾的肉汤，
抹了牛油的烤玉米
那香气，是印第安人的归途
群山之外，约翰·丹佛沿街卖唱
从纽约、费城到西雅图
他的歌声和牛仔裤，同样被时光磨洗
街灯未亮，莫斯科郊外月色迷人
也许有白桦林，也许没有
一对恋人的相聚和惜别
在大国的天平上，一文不值
我以手指打着节拍，无意击中历史的要害
簕杜鹃的花瓣，从海平线上飘落

我想我该写首诗了

是的，我该写首诗了
不是生活的便笺，梦中捡拾的呓语，
廉价的俏皮话，不知羞耻的口水
它是不可剥夺的生命，挣脱而出的灵魂
就像初冬的月光，大雪纷飞中的
火焰

还有未命名的深情与苦难吗，还需要为世界立法的诗人吗？
每一天的太阳，都是昨天的太阳，都不是昨天的太阳

让大海归于普希金，让大路归于惠特曼，让酒杯和寂寞
归于溺水的天才
我在人间漫步，清香和隐秘
随风四溢

我听到了时间的雨声（一）

在阳光的俯视下
驻留许久的枯叶
沿着斜坡
轻盈地滑落
是一阵风
是远在星辰的气息

道旁的榆树
比屋檐更高
纵横交错的旧树枝上
新叶纷披，闪闪发亮
细听，有时间的雨声

天空静极、蓝极
一辆漆黑的车
驶入树荫深处
深不可测

街对面的婴儿
在婴儿车上晃动秋天
一切都已过去
一切尚未发生

安慰不了流云的
也安慰不了人类

我听到了时间的雨声（二）

江南把自己裹到肉馅里
泅过忘川
在晚餐时分登陆

荠菜已准备就绪
白色的搪瓷小调羹
遗漏在三十年前的馄饨摊

六月的岭南
躲在冷气房里
窗外的天空
乌云翻滚

行人从柳树下
哦不，行人从榕树下
匆匆走过

风在玻璃上打滑
我听到了时间的雨声

游目民族之哈瓦那随想

在权力与资本的缝隙
超现实的雕塑
闪闪发亮

格瓦拉的头像
在酒吧的墙上
在地摊仿制的兽皮上
黑发散乱　眼神冷峻
比 NIKE 的商标还要炫目

叛逆的火焰
从传说蔓延到小巷
放肆的涂鸦
是荷尔蒙的余烬

热裤　吊带装
在黄昏前聚集
如神的家中鹰

等待与被等待
密谋身体的暴动
暗号是爱情、青春
或别的什么

日出而作的居民
习惯了空气中的不安
也习惯了大海
汹涌，然而平静

游目民族之犹他州城堡谷

一地潦草
大修女峰仅有轮廓
山艾树来不及披上叶子
岩层裸露着时间
十号公路
如此平滑
追着文明的尾灯
通向都会
和神迹

对，来杯黑啤酒
不要 Mojito

凋谢的春天如同一架巨大的鱼骨

凋谢的春天如同一架巨大的鱼骨
月亮是心脏
敲击着人鲨搏斗的鼓声
圣地亚哥，他的骄傲的
渔船，最后是渔网
逐一输给岁月
哈瓦那的海滩，在黎明之前酣睡

篝火仍在熊熊燃烧
人类的欲望
一块块扔进火堆

水面如镜，或者说，镜面如水
手掌上的风，像繁华一样来去

天空打开了一扇门
——录一棵枯树十三天内返青

太阳走失后
春天做了一个噩梦
铺天盖地的大雾
像走不出的瘟疫
然后是万箭攒心的雨，警报
四起的风，在重症者的
肺部，轰鸣了一夜
空无一人的车厢里，一个孩子
伸出裸露的手臂
朝向黑蝴蝶结般的人影
十三天后，
巨大的鱼骨架绿叶丛生
光芒不可逼视
像天空打开了一扇门

大雨穿透四月

大雨穿透四月
在荒凉的墙角生根

莳萝，欧芹，鼠尾草，迷迭香
习惯了受伤，却从不流血

一块煎牛排，或一杯鸡尾酒
在失明的世界寻找嗅觉

似有若无。斯卡布罗集市
跌落在暗香的废墟
（保罗·西蒙是否找到了
做麻布衣衫的女孩?）

土豆又涨价了。一袋土豆，
搭配一袋炮弹的碎片

初夏的前锋闻风而至

从都市出走的风
被一只灰鹭捕捉
在云与山逐鹿的湖面上
把滑翔的倒影引入竹林

游船从风的反方向
穿越水天之间的疆界
岸边的青石牌楼，伫立良久
试图在雨后的泥土中挣扎出根须

淡墨勾勒的廊桥
由西向东，引渡北宋的青绿
初夏的前锋闻风而至
开始扫视即将撤退的春天

首先是梅花，然后是桃花，
最后是野蔷薇

三台山下，一丛竭力拔高的草叶
通体透亮，精心掩护着一颗红莓
这硕果仅存的春天

端午

楚地的心跳
击落一年一度的正午
万千龙舟，从战国的末日
飞流直下

箬叶，蒲草
束起未了的心愿
初涉江湖的滋味
或甜或咸

屈原是悲伤的开始
白娘子是悲伤的结局
雄黄酒亦正亦邪

四月并不残忍

天道立秋

是听到灵魂的号角了吗

道路与河流
轻快地后撤
阳光一马当先

浩漫的风
从远处的山林
飘然而至
与每一个穿过盛夏的行人
击掌相庆

冥冥中的约定
如同望断天涯的情人
千年前如此
千年后如此

在下坡的一刻刹住车
命运触手可及
从绝望到信仰
只有一步之遥

秋天是一支哨箭

从荒野到城郊
树叶依次摇晃
有如松动的牙齿

河底的鱼
闻声而动
躲过蓄谋已久的鱼钩
寒光一闪，欲望下沉

江枫和渔火
苦苦等着寒山寺的暗号

远方，柿子林熊熊燃烧
快乐的叛军
踩着闪闪发亮的艾斯沃斯
驰骋在大街小巷

一俯身
秋风呼啸而过

岁月是一把冰刀

岁月是一把冰刀
刻下三千轮回

特鲁索娃一袭紧身黑衣，
以贝尔曼旋转，突破
命运的重围

然后举腿过顶，以臂为弓，
将躯体开张成一支羽箭，
天狼星微微一颤

无限贴近冰面。发髻
从它的倒影上扫过，命悬
一线，剔除一切修辞

桃红柳绿是江南的修辞
从初秋过渡到深冬，枝干
是仅存的语素

没有花月的掩映，灯火中
的吴越与唐宋，剔透
如清寒的刀锋

出海口

撑满的弓弦，刚开瓶的红酒
已知和未知的交界
总是充满可能

达达的轰鸣
从黎明穿过
比闹钟更快

远方是仅存的无限
没有红绿灯
没有黄实线
货轮和渔船
相安无事

游艇在午后出巡
沿路炫耀钢铁和玻璃
在瞭望台的镜头下
可与鱼鳞的反光
媲美

岸边的水鸟
抖动或灰或白的羽毛
在塑料瓶、空烟盒与废弃轮胎的罅隙
寻找水草和失去的世界

一只白鹭的独白

自从有了人类
大地上就出现了奇奇怪怪的墙
他们花费很多时间、很多木头和石块
拦住了自己
却挡不住风
挡不住阳光
也挡不住我们

展开翅膀
我可以飞到视野所及的任何地方
不需要护照、门票、通行证

我可以从山顶飞过
也可以从河上飞过
我可以停在树梢
也可以停在路灯上
四个轮子的车、大大小小的船
在我的眼底下穿梭

我的餐厅在水田、湖泊和滩涂
那里浮动着鱼虾，游弋着如飞的水昆虫，生机勃勃
我的祖先教会了我们就地取材
与人类相安无事
但没有告诉我们
人类的后代会污染一切
连贝壳都有异味

我知道人类有时会打量着我

大多数时候

他们只是随着我的飞行轨迹观望

好像自己也想飞

也想自由来去

大象旅行记

从边境的丛林出走
施施然闯入人间
田里的苞谷，厨房里的米面
任由它们取食
房屋与篱墙
无法阻挡它们的步伐

小象从母体快乐地诞生
两百斤酒糟
只够它醉一宿

文明严阵以待
目送它们冲州撞府
无人机一路追随
绘制野性的轨迹

精心投放的成吨瓜果
让它们大快朵颐
却改变不了它们的行程
大地有多宽，前路就有多长

起初只是不起眼的花絮
最终走成了大迁徙的史诗
它们没有迷路
行走就是家园

来一支十年前的雪糕

是的，每一次旅程都有目的地
但目的是次要的
走下扶梯
走出大堂
在街边停下
阳光没理由的姣好
前后左右的行人
从视线中穿过
全是路人乙，多好
路牌的式样自然是不同的
灰底黑字
残留着皇家的威严
双层巴士却是多彩的
在大街上摇头摆尾
把人群吸进吐出
劈面一栋大厦
从密集的楼宇中
挤出坚韧的斜线
唯一的留白
被广告抢占
安宫牛黄丸
养心，安神
像一个讽刺
买一支雪糕吧
还是十年前的味道
那时候

没有鸿茅酒
没有灰犀牛
天下无事

第 1 辑 时间与记忆

挤了一回巴士

地盘工，教授，家庭主妇
聚集到同一个起点
拉成长长一线

巴士刷过
差点撑破肠胃

空间本来不大
容不下礼貌和矜持

沙丁鱼的比喻
仿佛是一个不知羞耻的魔咒

终点到了
众生各行其是

放走流年

红灯
停下车
葡式路牌的蓝字
在眼前定格

埋伏多年的歌声
穿透循环播放的西洋钢琴曲
闯入车厢深处
微弱而执着
像老电池的电流

摇开窗
八十年代迎面袭来

"面对陌生、疑惑、肯定困难的生活
过去的日子仿佛偷偷在笑我
笑我的落魄，也笑我的执着"

"你讲也讲不听，听又听不懂
懂也不会做，你做又做不好"

小货车上的菲律宾司机
摇头晃脑
当绿灯亮起时
试图载着歌声逃跑

追了一百米之后
我在小径交叉的路口
放走了流年

雕刻时光

推开朱红色的木门
在二十年前的午后坐下
独一无二的玻璃窗外
灰色的平房像灌木一样蔓生
仿佛天总是很蓝
仿佛永远都有阳光
生锈的自行车铃铛
像白桦树一样闪光

点一杯咖啡
不用喝完
看一套"二战"片
不用看完
虚构一段邂逅
不需要结局

那时候
北大还有柿子林
静园里种满桃花
小木屋的夜宵很可口

一切都习以为常
就像那时的青春

时间简史（一）

从谵妄出发，西出阳关
蓝色的梦幻像抓不住的风
时间冻结为路标，所有的王朝并辔而行
阿尔金山是最后的屏障

阳光依然真实，运筹帷幄的宫殿渐次苏醒
朱门还未开启
旅游巴的前锋已悄然抵近

一切被禁锢的历史，终将昭告天下
远离是非的角楼，与柳树和护城河为伴，
等待着一个黄昏的约定，和不可阻挡的
星空

无数次徘徊，难以割舍
长安街永无尽头
与白塔的对视，令人心悸
岁月如烟中的美好
看得见，抓不着

急剧变化的世界，让每一个人失去故乡
静谧的燕山，在尘世之外
如同信仰

时间简史（二）

沿着松鼠的后背，冬天
越来越明亮

虚空被湖面容纳
大地上的一切，照见自身，在风的间歇

触摸寒冷，触摸逝去的时光，天青色向深处游弋

与记忆重叠
游不出自己的影子

岁月神偷

柳树，榆树，银杏，青砖朱门的
小院，雕梁画栋的小楼，幽静的
流水，汉白玉的小桥，一角飞檐，
一角石舫，一只黑天鹅，以令人
屏息的方式打开秋天

天空，被时间过滤
蓝极，静极
仿佛听到阳光滴落的声音

湖边沙石上的一丛野生枸杞
把渺小的力量凝聚成明亮的色泽

那些早已离开的，
从未离开

从前醉

初冬的姑苏是一壶醇酒
经过一个秋天的沉淀
比盛夏更加明亮
隔着薄薄的竹帘
江南被轻巧地织入苏绣
枯荷下的游鱼
来不及挤入画面
蓝雀在鸟笼里挺立
呼吸着自由
河堤上的藤椅
坐着不再犹疑的时光
橘子红了
枫叶红了
世界一片清凉
幽静的圆窗
把飞檐翘角纳入景深
素手一挥
便是一柄轻罗团扇
水波中的倒影
一再被船橹惊动
紫金庵的门
从未掩上
天空与水流
一起向远处延伸
如此澄澈
在青花瓷的烟云中
我曾经醉过

山楂树，山楂树

高楼退去
岁月退去
山楂树，山楂树
你在生命的郊野
朦胧而又坚定
正好是黄昏
正好是凉风送爽
做完一天的功课
没有浓妆艳抹
你从手风琴的轻快旋律中
找到最初的模样
山楂树，山楂树
遥远都市的深处
灵魂听到了你
许多青春
许多年前的青春
从你身旁走过

世界杯随感

世界化为绿茵
三十二国渐次登场
谋士运筹帷幄
骁将纵横驰骋
五大洲的看客
聚焦于
圆圆的精灵
成与败
悲与喜
希望与绝望
只在一线之间

梅西走了
C 罗走了
唏嘘过后
剧情仍在推进

力量和速度
脚法和战术
推动命运
推动高潮
直到
新王诞生
直到
人去台空

痴迷的人终于明白
你的眼泪
留不住所爱的人

赌球的人终于明白
你的算计
只是命运的筹码

悼马拉多纳

以脚尖
拨动命运的骰子
令世界尖叫

终场哨吹响
绿茵被黑影吞没

酒神节的记忆
从余烬中复明

恩怨已了
夜空中的星
如恒河沙数

那一年席地而坐
流星是最亮的星

八十年代

那时候，钱很少，蓝天很多
白桦树恣意生长，
小饭馆里的几盘热炒，
外加啤酒，拍黄瓜
便能瞬间点燃快乐
阳光像挥霍不完的金币
街道无比宽广
一头乱发的青春，从海淀
到长安街，呼啸来去
脚下的踏板，咔嚓作响
工人体育馆里，崔健蒙着红布
骄傲地宣告，他一无所有
广场被月光占据，广场舞大军尚在进化
张艺谋对着高粱地思考艺术
路遥的烟头差点烫穿平凡的世界
那时候，三毛要在撒哈拉种一棵树
北大清华尚未成为旅游胜地
圆明园的桃花无人管束
海子试图从天空寻找安慰
乞力马扎罗的雪冻结了欲望和时间
不是每一朵流云都有记忆

有没有人告诉你

秋夜，或者冬夜
星光遥遥相望
小木屋里的那杯咖啡
还没有变冷
隔着白桦树的屋檐下
亮着最后一扇窗
风在柏油路上打滑
像丢失舞伴的游荡者
有没有人告诉你
你走出的那家播放好听音乐的书店
从烧烤摊前和你一起骑车呼啸而过的少年
三角地，那些剥落的广告和被风刮跑的往事
夜凉如水，有没有人告诉你
柿子林的柿子，在记忆之前，已经坠落

第 2 辑

怀念与反讽

假装抓住了雪花（组诗）

1. 这个春天振翅欲飞

瘟疫仍在蔓延
许多空运被关闭
哭泣的少年从边城出逃
报纸的头版越来越拥挤
（头条无好事，一位娱记抿着咖啡说）

窗外的天空，蓝得没心没肺
圆滚滚的鸽子，从碎渣丰盛的草地
飞上树梢的停机坪
懒懒地俯视人间

两片悬铃状的枯叶之间
横亘着静默的虚空
一架客机，以中头彩的概率
抢了摄影家的镜头，仿佛伸指
可以按住

满树繁花在街边闪耀
等待着一阵呼啸而至的狂风
每一朵花都是蝴蝶的前生
这个春天，振翅欲飞

2. 时间之书

汉白玉的堂庑之上，
年华之上，剔透的寒风之上
蔚蓝，一往情深

落日照大旗，耀眼如同晨曦
行走于辽阔，无始无终

莫斯科餐厅，在记忆的
一角，等待星月的光临
长安街从盛唐来，穿越晨昏

每一个胡同口似乎都长着一棵白桦树
燕山在树梢下，触目可及

南池子的红墙，分隔古今
雪落下的时候，梨花就谢了

通往未名湖的道路
重叠着万千脚印
却了无痕迹

万里外的硝烟，仍未散去
在书卷之外，在结痂之前

3. 信鸽

阳光的渔网网住了世界
行人从阴影中逃逸

细碎的叶子回忆着雪落的姿态
从所有城市的半空落下

街道边一列列反光的车身
披上了和平的迷彩服

银行大厦的穹顶和教堂的尖顶
争夺着城市的制高点

太阳派出的信鸽，掠过树梢
隐藏在万千广场的
万千鸽群中

点一杯咖啡，或一壶绿茶
站在橱窗前，或坐在遮阳伞下

各种牌子的大屏幕
说着不同的语言

鸽子在阳光的脚踝啄食
白的更白，黑的更黑

有一只拒绝投喂，
却没有人看到

4. 这声音状如佛手

刺桐花凌空绽放
状如佛手
天空患了洁癖

不容许一丝杂色
无法看穿的蓝
正在酝酿判词
那些石头深处的爆裂
那些看得见和看不见的燃烧
那些河滩上的脚印
那些相互覆盖的阴影
那些被诊断的呓语，水中的干渴
策兰说，他听到了斧头开花的声音
（而我，最想听到汉白玉开花的声音）
这声音状如佛手

5. 假装抓住了雪花

从看不见的窗口，撒下漫天碎纸
街角徘徊的人，假装抓住了雪花
手掌被打湿，却没有水渍
就像重复多次的故事
流云向西方聚集，为日落铺设必要的背景
酒吧的灯亮了，巨大的窗玻璃
竭力装下整个世界
光与影交叠，一枚银币在台面上翻转
到处都是风声
咖啡豆快乐地跳动
急于泄露出身的秘密

红白蓝（组诗）
——致敬基斯洛夫斯基

1. 红

首先想到了葡萄园
然后是黄昏，或黎明
然后是教堂的尖顶，山坡下的河流，葡萄叶
的光芒，消融一切
最后，或最初

未经商议，岁月和我之间
隔着一杯红酒
淡淡地燃烧，因红而黑，有如记忆的底色

许多影子在游动
像溺水者看到水草
难以自拔的朦胧中，往事触手可及

其实不可及，亡命天涯的人，不可能走私玫瑰

2. 白

万里之外
或一米之内
生与死
有如远与近
一场大雪

从黄昏到拂晓
把世界还原为声音
时间的声音
很轻
很美
不足以彰显
判决的分量

语言自相残杀
黑色的火焰
无所适从
冻死在枯枝上

白色更白了

3. 蓝

沿着斜坡，马尾松，砖红色的屋檐
无声无息的蓝，跌入视野
像一个遗忘已久的隐喻
包容一切，也过滤一切

阿罕布拉宫，卡萨布兰卡，
罗马假日，那些感动和被感动的，
那些观看和被观看的，都已成尘，
巴特农神庙的游客，站在重叠的脚印上

风声若有若无，倒影中的银色气球，
无限接近，试图创造一种语言，
诠释此刻的蓝
和未来的风

《罗马假日》观后

从阳光穿过阳光
古罗马街头的咖啡桌
为一场盛大的别离
备好了一杯香槟

理发师的剪刀
剪去王室的戒律
相互隐瞒的身份
在真理之嘴前逃逸

第一次抽烟
第一次骑摩托
第一次闯入人群
几个简单的情节
轻盈如风

爱情
在时间表之外
超越遗忘

不速之客

蝉声携带着初夏
跌落在窗外
那横陈的躯体
翠绿小巧
像夭折的青春

让它重归大地吧
在腐烂之前
纵然不舍

但它划出漂亮的弧线
从指尖上飞速逃逸
消失在未来之门

我知道
这不是奇迹
这是 Han Solo 的千年鹰

从苍白的平静中揪出凡·高

烦躁的世界
需要一场大雪
小号的调色笔
耐心地皴出
灰白的天空
天空下的郊野，阿尔的郊野
触手生寒
夏日里汹涌的枞树
失去了表现力
光秃的树枝
锋利，脆弱
刺痛风和空气
远处的谷仓、河流、工业城
寥寥数笔
漫不经心
一切都归于平静
甚至平庸
可是，我分明看到了
雪地的色块中那神经质的颤动
也分明听到
向日葵在唯一的暖色调中燃烧

佩索阿与欧菲莉亚

无数背影，无数次走过
里斯本的石子路
像触角一样蔓延

黄昏时分的钢琴声
从三楼飘落
可以预期，也不可预期
就像命运

从前世到今生，时间的投影很长
欧菲莉亚在远处，在不远处
你看到了她
在看到她之前
你看不到她
在看到她之后

分手，复合，再分手
每一次都拼尽全力
却一再跌入虚无
无法建立在神意上的
也无法建立在激情之上

浩荡的秋风吹过广场
吹过废墟
"谁现在孤独
就永远孤独"

玉兰花必须孤独

——兼怀里尔克

从雨季挣脱而出
天青色脆如越瓷
纯净的呼吸
清晰可辨
素淡或嫣红
比阳光更有力
玉兰花必须孤独
在孤独中告别
即将滴落的雨珠
只有在晦暝中与内心搏斗的人
才能听懂

死于对大海的向往

——为普希金诞辰而作

在春天和鸟叫声一起被查封的年代
你热爱着大海
热爱着沙皇无法囚禁的蓝色波涛
天有多广
自由就有多辽阔
撑起阳光的风帆
你一往无前
仿佛从皇村少年的记忆中
牵出一匹骏马

彼岸和十二月党人
结伴流亡
西伯利亚的矿坑
看不到尽头
美与爱情是安全的
未被列入实体清单

冈察洛娃的出现
有如青铜餐桌上的玫瑰
使你堕入才子佳人的俗套
两百年后人们才读懂
你爱她的心灵
胜过她的美貌

和尼古拉一世一样

丹特士只垂涎于权力和美色
他安排了一场葬礼
你慷慨赴会

俄罗斯诗歌的太阳陨落了
莱蒙托夫悲叹
你是荣誉的俘虏
无数的人诅咒丹特士
和他背后的阴谋

但我知道
你没有死于丹特士的枪口
世俗的火力
无法抵达你的灵魂
你是死于
对大海的向往

与生俱来
像金色的卷发
永不驯服

风再起时

倒在楚霸王的末路
倒在最美的年华
虞姬的消殒
如裂帛的风声

巴黎的天空下
三个不羁的东方孤儿
驾着红色敞篷车
呼啸来去

偷天大盗的生涯
席卷一幅幅重兵把守的名画
义兄妹日久生情
无视夺命的阴谋

大哥的牺牲
成全了青春和爱情
衣香鬓影后
不忍书写的传奇

塞纳河波澜起伏
…………

风再起时
华丽已经落幕
华丽再次落幕

用掌声为他送行吧
唱过最好的歌
便无遗憾

千年之前
虞姬翩然倒下
倒在最美的年华

风在风中

一叶如掌
托起树枝和天空

隔岸的高楼
在峭壁之上
请行人让座

云层很低,风在风中
无人能读懂
掌纹末梢的风暴

一块红布,遮住了命运
潜伏许久的野花
从蕨草背后突围而出
像一朵朵火焰
点燃潮湿的四月

雪地在另一个季节燃烧
以及,一无所有的青春

我想去葡萄园走走

我想去葡萄园走走
它应该在法国或葡萄牙的乡间
沿着山坡或河流
没有煊赫的主人
地图上没有标记
可以在不经预约的午后
坐着老式火车抵达

我想在葡萄树之间随意走动
踩着干燥的红土
看阳光从葡萄叶上滑下

暗影中的藤蔓
潜藏着一个愉快的悬念
一个众所周知的悬念

无须期待泛红的秋天
我只是想在葡萄园里走走
浩荡的风吹过远处的草原
如果有一匹马

我知道我是属于北方的

我知道我是属于北方的
我忘记了张承志
但记住了北方的河
我忘记了老狼
但记住了流浪歌手的情人
莫斯科餐厅的西餐其实很粗糙
但我记住了农展馆的辽阔
和无遮拦的阳光
那些左手啤酒瓶右手羊肉串
一脚踏在石墩上恣意谈笑的岁月
是永难忘怀的
它和刺骨而快意的寒风
熊熊的炉火，反射着蓝光的
高高天空
是我对故乡和遥远血统的
召唤

道路拍打着道路

道路拍打着道路
高楼推挤着高楼
一树繁花
蓦然闯入视界

每一片花瓣都飘飘欲飞
只有瀚海般的天空
才能承载她的怒放

她在尘世之中
又在尘世之外

——生命中的晦暗时刻
她会照亮你的记忆

停车街边

从繁忙中抽身而出
看尘世流转
如上一刻的自己
和赫拉克利特眼中的河流

在雨水洗净的人行道上
看不知名的阔叶树，看灌木的深浅
优雅地，背对世界

深藏的音箱，流出铮钹琴音，
时远时近的虫鸣，压住往来车声

无人擦肩而过
赌场的大厦比帝国更雄伟
积雨云上的天空
越来越明亮

阳光如大雨倾泻而下
仅容一人的树荫
像荒漠的投影
而你伸向未来的手上
并没有唯一的伞

塑料布之舞

蒲柳弱质
被抛入呼啸的风暴

有如最盛情的邀请
一袭绿色的长裙，拔地而起
裙摆撕裂的声音，穿透三重铠甲

与风为敌
爱斯梅拉达不甘坠落

空中的独舞
惊心动魄
倾注全部热恋与哀伤

唯一的失误是
爱斯梅拉达的长裙是红色的
那未曾熄灭的火

自发的生长总是令人欣喜

自发的生长总是令人欣喜
阳光，风，热烈的土壤
与万物角力
汹涌的蓝，越来越平静
裹挟着藤蔓、绿茵
细叶榕扑面而来
像淡绿的烟花，像命运
时间之门尚未关闭
大海从悬崖下伸展至天边
比寂寞更辽阔

比前生慢了半拍

馥郁的草木与饱满的湖面
勾勒出天地之初
相互凝视的世界，把彼此看得透亮
湖心岛与石舫，此刻无人
所有的喧闹都陷入沉思

苍鹭行吟泽畔，恰如背对人间的高士
抖一抖肩上的柳叶，便是春去秋来

红楼前的藤蔓完成了铺垫
被才子们赐名"湘云"的野猫
醋卧于芍药绸的想象
备感无辜
乜斜地看了一眼人世后，继续躺平

金色的身躯随呼吸起伏
以松果为目标，一只松鼠掠过梦境
比前生慢了半拍

江南66碟

——澳门十六浦上海富春小笼饮后

在游客来袭前，牵着风走过白堤

走回二十年前的草长莺飞

平湖秋月，藤椅还未撤走

泡一壶茶，权当是明前龙井

一个月前的春雨

说下就下了

莼菜和鲤鱼

悄悄滋长

楼外楼的醋鱼、莼羹

不愁新鲜素材

吴山远远观望

高出群山一头

完颜亮想要提兵百万，立马其上

只是文澜阁里的一行笔墨、一声嗤笑

江山形胜

无人可以独享

苏堤的绿荫下

人民如潮涌

灵隐寺已无法归隐

下一站：虎丘、随园或外滩

围桌而坐

江南66碟

一浪接一浪

且在十六浦的灯光下
斟一杯黄酒
细听
有鉴湖的水声

为老船长任教绍兴壮行

筷为楫，黄酒为川
沈园的桃花不落，兰亭的流觞不醉
青石桥上，春去秋来

——无声无息的大雪
消弭了吴越的疆界
咸亨酒店是最后的驿站
通红的灯笼
像一场大火

从赤壁的月光下出走
半百风尘
如同脱卸的铠甲
会稽山伫立良久
将千年风云收入掌心
失散的烈马，疾驰而下

深圳诗会归途感赋

在忽明忽暗的车厢中
啃一根蒸熟的老玉米

雨后的甜香
扑鼻而来

满眼是金黄的麦地
起伏着淡淡笑纹

茅檐，白墙，松果烟
不是我的童年

白天鹅宾馆闲坐（外一首）

明暗交错的咖啡杯
坐在玻璃台上
凝视着自己的倒影

一艘拖曳着阳光的游艇
从窗外的珠江上
与我擦肩而过

我在想象中度过了四季

我在想象中度过了四季
深冬的岭南依然鸟语花香
渴望大海的渔船
与水中的晨曦
分享同一个梦境

从皮市街到仁丰里

起初，人类是一朵花，一棵树，
一片藤蔓

像鸟兽一样呼吸，天空与大地
像呼吸一样，无遮无拦

在岩壁上画画
在篝火旁歌唱
在草绳上打结
记录流星的划过，洪灾，
山火，一批渔获，一个
不会载入史册的心愿

从春天，到下一个春天
一百万年，花开花落

从皮市街，到仁丰里
文明退缩到砖墙后

街市的上空，爬山虎追逐着凌霄花
月季倚墙而立，从阴影中
抓住阳光的衣角

炮仗花踌躇满志
跌落在树丛中
金色的引信，是至今未解的悬念

扬州帖

无鹤
无盘缠
亦非烟花三月

感君怜才意
来做广陵人

那一夜的酒
如高山流水
那一夜的杯盏
有金石之声

河虾入口
依稀是瘦西湖的草香
豆干与花生同嚼
确有火腿的滋味

说到八怪
即是说到了风骨
当浮一大白

说到江湖
即是说到了恩义
当浮一大白

说到汉书与酒

即是说到了君臣相得快意平生
当浮一大白

声如洪钟
将醉未醉
玉玲珑酒店
一枝独秀

瓜洲古渡
月色三分
犹在十里之外

临行之际
与运河彼端的隋唐
握手作别

广州帖

从澳门回到中大码头
我走了十七年

那时候
没有游艇
没有学人馆
没有高过学人馆一头的
恬不知羞的商品楼

那时候
天未必很蓝
珠江的风是腥的
荣光堂的咖啡店
最晚打烊

那时候
你和我同城
却相隔如参商

十七年后
三杯热腾腾的玉米糊
为深宵的畅谈
助兴

何必有酒馆
何必有酒

（三剑客的风云聚会
的确在街边的馄饨店
真正的友情
无须酒精测试）

食客们换了一茬又一茬
有小情侣
有老街坊
有一口乡音的打工仔
有相对无语的美容师
…………

也许他们会念错南越王的名字
也许他们说不出小蛮腰的典故
也许他们和杨克笔下的人民
略有出入

但他们是他们
正如他们眼中的我们
除了分贝太大

谁来关心人类？

诗歌日无诗帖

庚子春，天下大疫
黑天鹅惊于此，灰犀牛临于彼
缪斯携塞壬远遁
道可道，非常道
老子说不说？
卦曰：
无诗，无邪，吉！

附录：

评《诗歌日无诗帖》

"诗歌日"是大彰诗歌之时，"无诗帖"即没有诗歌。诗歌的题目体现了有和无的关系，看似很矛盾，其实构成一个整体。这个整体使内部各种因素对立统一起来。同时诗歌题目的表述方式给读者营造了广阔的解读空间。

此诗共一节，含标点共52字。韵脚为aabccda。

此诗用词简练含蓄，句与句之间有内在联系，用典丰富，使用了多种修辞手法。

"庚子春，天下大疫"，庚子春即2020年春。庚子年是中国农历甲子中的一个，如1960、2020、2080等，60年为一周期。

"天下大疫"，指世界范围内流行新冠肺炎。新型冠状病毒是一个大型病毒家族，可引起感冒和严重急性呼吸综合征等严重疾病，传染性很强。

"黑天鹅惊于此，灰犀牛临于彼"，"黑天鹅""灰犀牛"是经济学术语，前者指小概率大影响事件，后者指大概率大影响事件。此句文字工整对仗，有古典行文之美，描绘出人们惶恐不安，不得不面对的场景。

"缪斯携塞壬远遁"，缪斯是希腊神话中主管艺术与科学的九位古老文艺女神的总称。塞壬是希腊神话里的海妖，它歌声优美，常用歌声诱惑航海者触礁沉没，然后食之。

一方面说明新型冠状病毒传染性强、危害大，连缪斯和塞壬都远遁了；另一方面，他们的远遁使诗人失去了灵感，无诗。柏拉图曾说："凡是高明的诗人，无论在史诗或抒情诗方面，都不是凭技艺来作成他们的优美的诗歌，而是因为他们得到灵感，有神力凭附着……因为诗人是一种轻飘的长着羽翼的神明的东西，不得到灵感，不失去平常理智而陷入迷狂，就没有能力创造，就不能作诗或代神说话。诗人们对于他们所写的那些题材，说出那样多的优美辞句，像你自己解说荷马那样，并非凭技艺的规矩，而是依诗神的驱遣。"连神都远遁了，诗人自然无法得到灵感，不能写诗。

"道可道，非常道"，出自《道德经》，此处引用具有互文性的效果，此句与题目相契合，使人一目了然、印象深刻。

"老子说不说？"悬而未决，让人想起《哈姆雷特》的著名独白"To be, or not to be"，引发思考。

"卦曰：无诗，无邪，吉！"借用《易经》卦象的语言形式，运用陌生化的手法，达到了意想不到的效果。同时，作者在此基础上进行了重构与解读，《易经》与此相似的原文有"劳、谦，君子有终，吉"等。

诗歌结尾似乎未完，是开放式的结局，给读者留有空白。批评家伊瑟尔提出"召唤结构"术语，认为"文本中的空白是一种寻求连接缺失的无言邀请，空白虽然指向文本中未曾实写出来的或未曾明确写出来的，但是文本已经确定写出来的部分为它提供了重要的暗示"。此诗的空白部分可以激发读者的想象，使读者有所思考，进而填充诗歌的空白部分。另外，读者的填充不是毫无根据的，而是在诗歌完成部分的指引下进行的。

（解斌）

老照片（外二首）

多年前的冬天
一场酝酿已久的大雪
不期而至
孩子们一起冲向户外
奔跑，追逐，掷雪球
像一群野鹿
从心而出的笑容
溢出雪地
溢出岁月
…………

今后的人生里
他们快乐吗
是否经历了苦难、背叛和绝望
是否像照片中那个卓尔不群的少年
独自站在雪中，仰望天空
徒手抓住雪花的同时
也抓住了命运

在历史的边缘
无数小人物悄然走过

舞台是英雄和丑角的
他们是观众
为别人揪心
也有自己的悲欢

那瞬间流露的无邪
看见了
就记住了

闻江南降雪感赋

江南的雪
说下就下了

山林，田野，
高楼，大厦，
隐入
茫茫天地

为雪所困的人
乘兴赏雪的人
走出地铁站的人
走进小酒馆的人
都在身后
留下长长的足印

我看不到江南
看不到雪
看不到童年
却听到了
雪花跌落湖水的声音

搓一搓手
还有雪球的余温

另一种可能

街道是灰色的
楼宇是密集的
行人是仓促的
没有第二种修辞

雪，是另一种可能
从现实到超现实
只是指尖的轻轻一滑

毫无逻辑的雪花
从所有方向落下
街道消失了

伙计，需要雪橇吗

关于纪弦

五十年前
他把啤酒瓶想象成手榴弹
三十年前
他念着《你的名字》
越过大地的裂痕
（如日，如星，你的名字。
如灯，如钻石，你的名字。
如缤纷的火花，如闪电，你的名字。
如原始森林的燃烧，你的名字）
潜入
每一个相爱者的灵魂

人类的历史是一个沙滩吗
画满各种语言的咒语
等待着
下一次涨潮

（月亮尚未升起）

臧棣入门

臧棣是个营养师
臧棣说
无毒的诗其实很可怕
有点毒的诗最有营养
（莫非诗歌是河豚？）

臧棣和我非亲非故
他是哲学教授柏拉图的仇家
吾爱柏拉图
但更爱真理

很久很久以前
一对不听话的恋人咬了一口苹果
人类从此有了罪

2016年的冬天
臧棣捡起果核
扔向上帝
划出漂亮的弧线

附录：

平局入门
——仿龚刚兼仿陆渔

臧棣

严肃的亮光，古老地
闪现在她迷人的眸子深处
多么骄傲，年轻时我不懂爱情

如今，岁月溢出死亡的边界
多么混蛋，终于轮到爱情
其实对我也一无所知

漏网之鱼

提上吉他
收紧肚腩
揣着食指的残稿
剔掉最后一根白发

汪峰
八十年代的漏网之鱼
冲上二十一世纪的海岸
号召全世界的游荡者
一起摇摆

90后笑了
00后笑了
对落伍的时髦
嗤之以鼻

泡沫在天空飞
引爆所有色彩
谁能将泡沫吹大
谁就有权开启香槟

存在不是虚无
愤怒只是卖点

苍蝇的插曲

必须打断巴别塔的图谋
上帝灵机一动
捏造出一百种语言

这是一个奥德修斯必经的漩涡
回荡着塞壬的歌声

界线如此分明
却又浑不可见
想象着真理与洞穴中的光影
人类踌躇满志，各说各话

所有的语言都是神意
苍蝇也从腐烂中挣扎而出
蹑手蹑脚，钻入历史的夹缝
觊觎着发言权，在众目睽睽中

跋涉是漫长的，从左眼皮
到头顶，历时四年，像是一种暗示，
又空无所示

一片雪白中
黑色如此耀眼

红毛蛋 （口语诗）

红毛蛋是一种果子
长在奇奇怪怪的树上
这种树的学名叫构树
对，赵构的构
赵构是个混蛋
红毛蛋不是
它能清肝明目，利尿益肾
园林师傅说
红毛蛋还可以吃
但不能多吃
吃多了会刺痛舌头
也容易流鼻血

大寒，或一种善意

寒冷开始燃烧
松针上，枯枝上，山茶树的绿叶上
闪烁着白色的火焰

大地上的足迹
从彼此的生活穿过
忧伤和喜悦，无法相互感知
（虽然有一百种办法相互寻找）

风在桥头迷路
残存的红叶，是指向未明的路标

千里之外，落日在枯树后
制止了一场大火

灰背椋鸟预知了未来的盛衰
与故乡对视，满怀善意

泥巴

农业文明已溃逃
残存的泥巴
在每一个角落聚集

飞鸟从行人的缝隙掠过
几粒草籽，以无法操控的概率
跌入出风口的网盖

整个城市在网盖下喘气
蛰伏在井壁的泥巴
一把抓住往深处坠落的草籽

会师是激动人心的
从五月的空气中取水，如同从弹坑下
挖出一瓶伏特加

蓬勃的草叶
在网盖下淅淅沥沥
像一场迟到的春雨
落在皲裂的童年

存在与洞穴

洞穴是大海的利齿
吞噬着泡沫与回声
蝙蝠张开黑色的双翼
试图劫持破云而出的阳光

天空迅速合拢
洞壁上的阴影，觥筹交错
被撕裂的海水
如同飞溅的酒浆

波塞冬丢失了他的金手杖
正在神话中掘地三尺
塞壬的歌声揭开封印
寻找着每一个裂口

日复一日的晨跑者
从游客的视线中穿过
彼此的命运，在瞬间交集，
又在瞬间错过

西西弗斯仍在走向山顶
而街边的蔷薇已预知了结局

春秋战国 16 个典故的点评

之一：烽火戏诸侯

玩笑开大了
代价是江山

之二：一箭之仇

历史如箭杆
从未停止滴血

之三：退避三舍

谦让是一种姿态
当真你就输了

之四：一鸣惊人

从青铜到王者
只差一嗓子
反之亦然

之五：问鼎中原

以鼎盛酒
传杯诸侯
先天下之醉而醉

之六：老马识途

最早的老司机
没有之一

之七：负荆请罪

所谓诚意
就是让人知道你痛

之八：纸上谈兵

诗论家写了一辈子的书
介绍写诗诀窍

之九：三令五申

多年以后，面对行刑队
羊舌鲋会回想起父亲带他去见识周礼的那个遥远的下午

之十：胡服骑射

赵武灵王有脑子
要打架就不能装斯文

之十一：围魏救赵

不谋全局者不足以谋一地
孙膑总能踢到庞涓的要害

之十二：朝秦暮楚

黄四郎是秦
张麻子是楚
麻城的百姓在秦楚之间
谁赢，他们帮谁

之十三：窃符救赵

为了救赵
花样百出
此其一

之十四：图穷匕见

天上掉下的馅饼
常常硌牙

之十五：卧薪尝胆

勾践知道
养得白白胖胖
最容易挨刀

之十六：甘拜下风

一部春秋史
下风最安全

第 3 辑

轻与重

切换

故宫的雪又一次覆盖康乾盛世的传说
塞纳河纯净如初
路易十四的倒影早已沉入泥沼
废墟上的晨晖夕阴，澎湃如王朝盛衰

在巴黎的小巷坐下，斟一杯咖啡
卢浮宫从巷口挤进一角身影
桌椅俱闲，指间升起幽香，混淆古今
——慈宁宫的银杏是否已黄到透亮？

对峙

酣畅的船帆和盛夏一起降落
黄昏的余光，被江岸的芦苇，细心采集

天与地在远方划界
无关胜负的对峙充满暗示

看不见的水鸟掠过孤立的桅杆
四面八方便响起了风声

一千艘战船飞流直下
大地与历史的深处怦然跳动

那一年的谋士，轻摇羽扇
那一年的小乔，只关心江南与爱情

洗礼

时间的燃烧一往无前
洗礼已完成，就在此刻
道路与天空，像冰舞者的滑翔

世界无比辽远
内心深处的召唤
让眼泪夺眶而出

起风了
树叶纹丝不动

从多年前的黄昏出发
拥抱逝去的青春

词与物（组诗）

1

雪是动词，而寒冷是名词
人生的句法，像冰凌一样剔透

纬度很低的地方，形容词像树叶一样多
雨是不厌其烦的修辞

为自己设定语境，一座孤独的花园
或孤独是一座花园

电视里的辩论，总是充斥主语
那些未被命名的，还能挽回

2

秋天的呈现总是需要一些背景
比如，淡渺的天空，被春雨打湿过的白墙，以及
或明或暗的光影
难度在于，那些像记忆一样散落的枯草、野花，那只
朱耷笔下的鸟，那棵素手擦拭的盆栽，在凝视中
不发一言，为留白做足了铺垫，却超出了我的词汇量，
对于江南，我从来没有十足的把握

3

海烟蒙蒙的岭南
被阳光包裹
树叶和车窗闪闪发亮

夏天意犹未尽
此刻的燕山，严阵以待
大雪的前锋，正向玉门关逼近

满园的银杏是落幕前的辉煌
鸽哨声远去，天空依然湛蓝

作为一种暗示，立冬无比温柔
人们交换着诗句和想象
仿佛一种仪式，无关信仰

4

在寒风鸣金收兵之前
冰面完成了扩张
一往情深的蓝
无视一切语言

白塔纵入景深，遥遥相对的
红灯笼，在深冬与初春的交界，
完成隐喻

九孔桥是必要的过渡
横跨冰面，像天空一样耀眼
（而天空可以置换为童年）

凝视一只猫

毛发沐浴过闪电
目光所及，道路轻快地延伸
以最大的不屑，尾巴向后一剪
南朝四百八十寺
退入紫禁城布满铜钉的朱门
来不及酝酿一场烟雨
古罗马的重装军团
铺天盖地
斯巴达克斯舔着嘴角的血
与命运对峙
传檄而定的驿马
从二十四史中穿过
踢翻了精心雕琢的文字
暮色如落叶
卷起酒旗后的风沙
每一爪落地
心中都响起鼓声

小黄猫

它以挠人裤脚的方式表明它的存在
乞食，撒娇，或表达问候
一个在暴风雨中诞生的孤儿
穿行在黑夜与灌木丛中
与黎明的人类，结下
难以名状的友谊

也难以拒绝。超市的购物车中
多了许多粮食，储存于橱柜
为不期然的邂逅
它已懂得等待，并从粮食、水和目光中
辨别友善

旅行归来，它蹿上大树，
表明它的喜悦和成长
家里没有它，但它在家里
当你匆匆走过小区
它会从阳光照耀的长椅上叫住你

难以拒绝，更难忘怀。突如其来的
隔离，冻结了时间，在另一个时空体
新的记忆开启
一切随风而来，一切随风而去
记忆的坚持，就是爱的坚持
达利终生未悟

题新加坡诗友白鹭图

白鹭敛翼
任雨点滑落

细长的腿
撑起从天而降的初夏

水面下的鱼
窥伺着充满诱饵的人间
准确地衔住
每一颗试图潜逃的雨珠
转眼即逝的水圈
经营着未圆的梦

水草长势喜人
与白鹭相互靠近
守住世界的一角
比夏禾更加青翠
却无关丰收
无关悲喜

马六甲是百年前的流放
执着地相信眼泪，这沿街的
雨树
这沿着羽毛滑落的
抓不住的忧伤

129

梭罗不需要冰块

车马辚辚，碾过罗马的兴亡
为恺撒和克利奥帕特拉运来冰块

梭罗不需要冰块
他以瓦尔登湖对抗炎热和爱情

托特瑙堡的小木屋倒塌了吗？
它的主人据说能治疗灵魂

飓风过后，新的黑死病
正在等待宣判

春天
是最后的信仰吗？

看空， 便是赋予空以意义

酒瓶的意义在于酒
从射灯下的珍藏到弃置墙角
犹如西罗马帝国的消亡

在废墟上重建梦境是徒劳的
失去，是因为曾经拥有

百里外的木槿花自生自灭
通过春天和诗人的手
与无所期待的空瓶
发生了非逻辑的关联

看空，便是赋予空以意义
明天的花香，像大自然

斑驳的墙无意成为旁白

岁月尘封
一粒被遗弃的种子
挣扎出明媚的往昔

屋檐上的天空瞬间凝固
就像千年的喧嚣被过滤

蓝，是唯一的语言
阒静，然而汹涌

斑驳的墙
无意成为旁白

感于泰戈尔做客徐志摩陆小曼家

泰戈尔的八十大寿
一个中国诗人迟迟未到
十年前的约定无从证伪

那时候
他们不相信时光会老
异国诗翁的到来，令新婚的爱侣再次慌乱，然而快乐

一切有如初见
红帐子的床和李白的诗
一样新奇

几十天，或几十年
恒河的风从未停歇
一再掠过藤椅旁的芒果树
爱侣已成单
白发人犹在等待

山峰变成小鸟
在永生的花园飞翔
该听懂的都能懂
（而眉①已无泪）

---

① 眉指陆小曼。

关于 2016 年诺贝尔文学奖颁奖词

玷污了诗歌的贞洁
却以上帝的名义宣告
神灵不会写作
他们跳舞和唱歌

诗人们
你们饮酒无度自由散漫
或大腹便便
或肌肉松弛

从明天开始
跑步，健身，收束肚腩
从明天开始
向郭富城学艺
向麦当娜取经

让昆德拉继续思考虚无
让村上春树囚居挪威的森林
在艺术的圣殿里
肚皮舞娘是最新的诗神

读陆渔

陆渔的爱情　如同
陆渔的上海
都是唱片上的刻纹
储存着
弄堂的栀子香　青春
和第一缕月光

留声机缓缓摇曳
是谁
脱下了时光的丝袜

梅雨时节的雨

梅雨时节的雨
像一部冗长的电影
没完没了

花前月下的浪漫
只是一个传说

雨衣和雨伞
取代了所有时装

谁都不知道
何时才能走出
拖沓的情节

谁都不知道
上帝这位导演
何时才会切换镜头

命运是剧本
人生是脚注
灯亮了
雨还在下

附录：

江南
——和龚刚《梅雨时节的雨》

陆渔

连下了一个月梅雨
草木和土地，都吸饱了水
重重地耷拉下来

忽闻蝉鸣，雨霁风和
轻摇折扇，精神为之一舒
想想真是，无事小神仙

音乐会听到一半

音乐会听到一半
断电了
备用灯几经挣扎
照亮了一排后脑勺

土豪从鼻鼾中惊醒
伸了一个漫长的懒腰

可持续啤酒颂

到了美国
就喝 Budweiser
到了葡国
就喝 Sagres
到了北大
就喝燕京
到了杭州
就喝绿雨
都是水里掺了点酒精
都是牙一嗑就能往嘴里灌
谁都能消费
谁都别装蒜
没有白酒暴烈
没有红酒尊贵
没有白兰地矫情
只有一点点醉意
一点点兴奋
不多也不少
像真正的友情

赠兄弟

阳光不按天气预报出牌
蓝天在妈阁庙的上空，贯通古今
咬着雪糕筒的游客
好奇地打量信徒上香
时间流逝的声音，被风的双耳捕获
黑沙滩在未来的记忆中潮涨潮落
余荣记的窗下，
还有我们两只黄鹂

天鸽

这一次的飓风
像要把人吹离大地

数十年的排泄物
被大海倾吐一空

刺目的垃圾
勾勒出蛾眉形的海岸线

两条无人打扰的流浪狗
漫步七夕节的海滩

喜雨

上天打开了莲蓬头
洋洋洒洒诉说不尽
每一片树叶清洗着耳孔
高高低低的阳台上
盆栽的花木，闻声探头
街边的电单车，一辆挨着一辆
相互依靠
飞驰的汽车抖着水花
愉快地接受洗礼
麻雀从东街跳到西街，不理会红绿灯
小店的伙计，擦拭着货车的窗玻璃
像要擦亮冬天

黎明是一道减法

黎明是一道减法
人潮消逝　车流无踪
所有的道路
像大河一样宽广
晨曦微染飞鸟凌波的大地
如同天空的倒影
寂静的风声
是宇宙的呼吸
圣母无原罪的神谕降临了
我无意祈祷
只愿倾听
那古往今来的流云
恍如先知的诗行

这苍白的人间

向天边下坠的落日
拉长麦地与寒冷

各种牌子的摩托车，拥挤在渡轮上，
乡民们竖起衣领，相互攀谈
河面与河岸，像冻僵的嘴唇

飞驰的客车上，坐满归家的乘客
一排排后脑勺，藏着岁月的漩涡

无家可归的风，挽留不住落日

这苍白的人间
这缓缓降临的夜色和
岁末

美人鱼

暮色中的都市　是海
我在这海里漂
命运是灯塔
你向我游来

你划出的弧线
如同无声的旋律
在某一瞬间　我心深处
听到了声声呼唤

我默默向你靠近
多年来　这是唯一的方向
在起伏的暗影中
你银色的身躯　柔和而坚定

似乎有一刻　我与你并肩而游
你流畅的线条和晶莹的嗓音
让我领略了
生命的自由和纯粹

突来的潜流　迷乱了方向
我越向你靠近　离你越远
越向你靠近　离你越远

暮色中的都市　是海
我在这海里漂

追月
——致 FQC

梦中掠过的一道月光
使我再次走上街头

喧闹了一个世纪的人群
醉卧在街边的每一个角落
霓虹灯的残影
勾勒出天空和大地的界线

曾为之心碎的故园
湮没于前世的风尘
如今　我只感念
那一道月光的温柔

夜空漆黑一片
没有任何暗示
脚下　散落一地酒瓶
和狂欢后的空虚

像一匹
急于挣脱孤独的野马
我脚底渗血
越过一条又一条街巷

大海的气息

忽然将我围绕

斟一碗海水　能否映出

那梦中的月光

第3辑　轻与重

我喜欢站在夏日的树荫下
——再致 FQC

我喜欢站在夏日的树荫下
那些重叠交错的树叶
相依相戏　嗫喋轻语
把刺眼的阳光和天空
丢弃在另一个季节

我喜欢站在夏日的树荫下
触摸绕指而过的凉风
倾听隐约可辨的鸟声
像山泉中的游鱼
在岩石的夹缝中
自由地呼吸

我喜欢踮起双脚
走在裸露的根蔓上
走向草坪深处
专注于
一枚跌落草丛的露珠
把环视四周　与远方为敌的高楼
抛在身后

我喜欢带着树荫旅行
我喜欢对着河流歌唱
我喜欢在公路的尽头
嗅到原野的气息

我喜欢　在树影朦胧的午夜
看着你的眼睛
那里有深情的月光
比岁月还要久远

夏夜垂钓

穿过针孔的风
逗留在柔软的荷叶上
拨弄一颗水珠
水珠很轻　含着一枚月亮
从左到右
划出漂亮的弧线

我坐在湖边垂钓
手中握着一支啤酒
沉浸于清香四溢的宁静
身后的鱼篓里
有两颗星星在交谈

饮茶

悠悠的普洱香
漫过唇舌　漫过这个城市的街巷

留下一缕
清涩的余音

有如　落花生的根茎
深深地　深深地扎入
久远的年代

那带泥的外壳　被轻轻叩开
灵魂夺门而出
闯入了一个
早已失传的传说

和它
依然坚硬的内核

午睡入门

长椅闲着
石子路闲着
路灯闲着
午后的庭园
阳光正好
人类是多余的

一角天空
跌入倒后镜
正对着
躺在前座的司机

睁开眼
只剩一丛翠竹

到江南了吗
车子未动

仿鲁迅或诗友余怒入门

我在一棵树前
安静地想象一棵树

它是另一棵树
它不是另一棵树

它在水中
它不在水中

随波起伏的游鱼
把自己想象成树叶

随风起伏的树叶
把自己想象成游鱼

阳光
无所不在

黑沙村

从喧嚣的都市
拐进最后的乡村

经冬未凋的花朵
映照在纯净的阳光下
红得如此寂寞

青石板的小巷
从宽阔的停车场
伸向篱墙掩映的深处

墙内的几声犬吠
凉棚下的一堆洋酒瓶
诉说着随风而逝的故事

远处的海滩上
倾巢而出的村民们
用清晨摘菜的双手
将一串串油亮的鸡翅
送到营养过剩的游客手中

村公所前生锈的铁梯
独自指向辽远的天空
每一级台阶
都有历史的回声

黑沙村纪事

从 2017 年的冬夜
裁下一枝野蔷薇
一枝籁杜鹃
一丛挂着洋桃的树叶
插入
1987 年的茅台酒瓶

三十年的光阴
转眼喝空
伴着
陈年的友情
冬菇炖肉的熏香

回家的时候
我带走了三分醉意
一角春天

把巴黎移植到澳门

把巴黎移植到澳门
埃菲尔铁塔矮了一截
天空高了一倍

白云洁白无声
俯瞰着积木般的大厦桥梁
它和阳光一样
无法移植
只能等待

撬开啤酒瓶盖
来
为好天气干杯

轮盘赌

在飞旋的轮盘前
王侯将相皆为众生
从天而降的骰子
发出爆米花的脆响
每一双眼睛都跳动着火焰
昼夜辉煌的殿堂
酝酿着风暴的气息
时间如刀锋
划出命运的界线

赢家

埃菲尔铁塔
威尼斯水城
古罗马神像
从天而降
撑起一公里长的传奇

贡多拉来回穿梭
载着十方香客的梦

一枚枚筹码
掷向海面

会有所罗门王的宝藏吗
会有衔着金钥匙的鲤鱼
浮出水面吗

所有的奢望
都是自我催眠

从繁华中穿过的人
才是人生的赢家

写在国家公祭日

阿多诺说
在奥斯维辛之后
写诗是野蛮的

保罗·策兰说
集中营尸体焚化炉的那些烟
来自明天

是的，昨天并未过去
弱者的眼泪
洇湿了地狱和天堂

能够在和平年代憧憬锦绣年华
是一种平凡的幸福

这种幸福
并非与生俱来

记住疼痛
并在疼痛中成长

让诗歌成为可能

这场雨仿佛下了十六年

操场很深，深不可测

一个黑影对另一个黑影说
埋了他，昨晚雨大

这场雨仿佛下了十六年
猩红色的砖墙早已腐烂
推土机很重，压住了哭声

直到阳光
和捍卫阳光者的尸骨
一起被找回

看见过阳光的人， 无法忍受阴影（组诗）

1

看见过阳光的人，无法忍受阴影
狄金森是幸运的，终日与松鼠和冥想为伴，
除了孤独，并没有更深的痛楚
她对遥远星空的召唤
未能阻止奥斯维辛百年后的冬天

2

在奥斯维辛之后，写诗是残忍的
红酒斟满酒杯，殷红如血
浪漫，源于遗忘
葡萄的哭泣，人类无法听懂

3

瑞典少女的忧伤
人类也无法听懂
在汽车的轰鸣中
人类甚至听不到彼此的声音
时间之外
一滴水从悬崖跌落

161

4

跌落的过程是漫长的，饥渴的沙，无须灌溉，
一千只飞鸟，去向不明，被摁住的时间，
从内部爆裂

第 4 辑

空间与想象

初雪

从更高维度落下的雪
与不断升高的秋天
撞了个满怀
红红的果子，没有惊慌跌落
几丛明亮的树叶，接住尚未坠地的雪花
枯树下的小径，几乎在雪雾中迷路
仅存的几片黄叶，让匆匆而过的时间现形，那么耀眼
好像发生了什么，在以前之前，今后之后
也许真是更高文明的矩阵游戏
生死与悲欢，只是插曲
听，雪落下的声音
是谁，在逆光中敲击键盘
是什么，在掌中结冰

太阳走失了一群奔马

拉开窗帘
日出的光芒扑入怀中
沉寂一夜的出海口
波光粼粼
早起的船只比早起的
鸟儿，飞得更远
教堂的吊钟，从海平线
听到回声

失血的塞外
一群奔马从烟尘中突围
冻结的河流划过视线
如同闪亮的刀痕
风在马背后汹涌而至
大地的鼓点，直达天际

太阳缓缓上升
宿醉后的酡红，散入海面
时间很轻

记忆的牧场走失了一匹白马

大风在白桦树上呼啸
宿命的离别
正如到来

柿子林的火焰
仍未熄灭

从静园到燕山
仿佛总有猎猎风声

穿过深秋
穿过更远的时光

未名湖的雪和故宫的雪
一起落下
许多人影，些许脚印

记忆的牧场
走失了一匹白马

一切从最初开始

我在南方的午后伸了伸懒腰
记忆中的北方就大雪纷飞了
高速公路直达天际
惊惶的飞鸟，掠过八百里山川，无枝可栖
焦炭般的岩壁挂着一条条雪瀑
扎代村在荒凉中蛰伏
活下去，是祖先遗留的使命
而我只是过客
沿着风的方向，拥抱辽阔
与寒冷
烈酒，奔马，雪地里的火堆
是灵魂深处的召唤
终点不可预期
一辆越野车，从蜿蜒的梦境
擦身而过

许多事在发生
许多悲欢，许多听不见的喧闹
尕海湖的冰面，映照天空

牦牛从残雪中挖掘枯草
比黑影更远的青海骢
独立高坡，等待下一刻的哨声

许多事在发生
在另一个纬度，在许多纬度

尕海湖上的天空映照着冰面
绯红或者蔚蓝

长云列阵西去
被寒风打开的天地，和寂寞一样辽阔

许多悲欢，许多听不见的喧闹，从黄昏到黄昏
祁连山在命名之前，为远方划界

一万年的雪，落在眉睫上
峨眉金顶从红尘中拔地而起
茫茫烟云恍如前生后世

谁的素手一指
满山枯木化为千树梨花
错落的脚印消失无踪
峭岩上的栈道，尚未
完成引渡

从风中取火
点燃阳光
像点燃一炷香
一切从最初开始

还可以倚着果核睡觉吗
——闻印度高温戈壁长草有感

黑夜疯狂地追逐黑夜，无法阻挡麦地
在黎明之前倒毙

烟头通红，烫穿了南亚次大陆
春天被驱逐，恒河束手无策

丁香的恐惧，从外向内蔓延
欲望与记忆，从跳闸的火光中
最后看见彼此

裹尸袋已来不及缝制。死于炎热的人，
并不比死于瘟疫的人幸运，还有战火
和疾患

大雨在遍布残骸的沙漠
仁慈地布施甘霖
胡杨在千年之前，死于
深不可及的相思

绿色的芨芨草从地平线袭来
追赶尘土飞扬的马蹄

北半球和南半球的上空
乌云翻滚，反常与突变
击中了每一个人

还可以倚着果核睡觉吗
木心说，果皮乃釉彩的墙，
墙外有蜜蜂，宇宙
人类的事业玉成在梦中

海边的几何学

天空倒置海上
反之亦然
静默无际的蓝
是两者的交集

海鸥在阳光下显现为白色
银器一样的白
屏息的一刻，仿佛听到圣诞的火
三角铁的轻叩

从界石起飞
人类束手无策
所有的道路
都有尽头

为风赋形
为时间赋形
舒展的双翼
自由地变维

直到水平面上的阴影
消失无踪

车窗的反光

仍在向原点聚焦

被点燃的黄昏
潜伏在沙滩之上

一二

第 4 辑 空间与想象

寻找失落的月光

绕过广告牌
绕过霓虹灯
你忽然感到
在这片为你的灵肉所熟稔的
土地
你成了一个异乡人

路边没有你的桌椅
酒馆里没有你的酒杯
一扇扇门窗
打开 又关上

黄鹤一去不复返
白云千载空悠悠

走
继续走
从界线
走向界线
从风
走向风

一双温软的小手
牵引着你
向云端飞升

蔷薇
在空中绽放
檐角的星
化为摇摇欲坠的露珠

一首没有播完的舞曲
再次响起
伸出迟疑了十年的双手
紧紧握住
柳梢的月光

那通红通红的福字贴在苍凉之上

在草木枯黄的冬季
一切都无可遮掩
一座座土坯房
刺痛游子的双眼

木窗向左
木窗向右
推开久未叩响的柴扉
是几代人的喜怒哀乐
窗棂后的幽暗中
依然可以听到柴火的噼啪声
比鞭炮还要清脆

路外之路
南方之南
黄土文明的龙裔
沿着大海的方向撤退
留守的老人
战胜了孤独
却输给了岁月

那通红通红的福字
贴在苍凉之上

每一个瞬间都是生命的战栗

每一个瞬间都是生命的战栗
有人点燃了玉米芯
有人兴奋地与风雪同框
有人打开了一瓶酒
有人掐灭了一支烟
有人在赌桌上一掷千金
有人在菜市场讨价还价
有人为子女留下百亿基金
有人将癌症诊断书抛在身后
有人抢购了第一张电影票
有人挤上了最后一班列车
有人撒下渔网
有人挺身而出
打开窗
今夜星光灿烂
这光芒
来自亿万年前
那时候
人类只是一种可能
野生的火焰
不懂得杀戮
也不懂得温暖

看不见的背影

洪水在高考日决堤
所有道路瞬息间成为河流
未及逃生的生灵
从屋檐下飞掠而过

一里之外的考场
唯有视线可以拉近

时间在燃烧
父亲背起十八岁的女儿
跃入水中

昂着头，奋力挥动双臂
在孤立无援的洪荒中
父爱就是涉渡之舟

看不到他的背影
肥胖，或瘦弱
女儿的背包
在父亲划出的波纹之上
如生命的浮标

枯树赋（组诗）

1

旷野中的大树
与天地裸裎相见

这是一场盛大的绽放
遒劲的枯枝
剑指八方

万紫千红
简化为
黑与白的对峙

——飞鸟在空茫中
寻找自由

2

枯树与天空互为背景
纵横开张的笔触
勾勒出辉煌的凋零

墨浓处，磅礴遒劲
有如生与死的纽结

挑剔的风，上下打量

残存的枯叶失足跌落
像惊惶的寒鸦

天空越来越苍白
爱的花朵，在安德烈的瞳孔中
接二连三绽放

一二一

题槐花图

槐树上的一场雪
从阳光中落下
悬挂在青葱岁月
像一个素净的心愿
为懂它的人

题枯荷图

南飞的孤雁
衔走最后的色彩
一枚落叶
悬在水的虚空
与蜷缩的枯荷
顾影相怜

听不见的远方
有一场前世的秋雨
滴湿了每一位离人

江山醉书

西湖的水温柔了千年
未醒的木船，围成一朵莲花
而庐山是一把折扇
奇石与瀑布，次第展开
提气直上的阿尔金山，是倚天剑，啸聚雪原冰河，
蔚蓝色的光芒所向披靡
江山触手可及
而西陵峡是必要的过渡
漫山红叶摁住冒进的西风
暮色深处
雷峰塔与明珠塔百里传灯
未来清晰可见，而归船隐去

故宫

工匠的梦高于帝王
角楼，城墙，护城河
如粗犷的笔触，圈定梦的领地
琉璃筒瓦为宫殿加冕
阳光倾泻而下

孔雀石和自然铜，以火焰的手，攫住雄狮的精魂
冷凝的双目，直视天际线外
的草原，奔腾不息

宫墙在对视中逼近天空
为君临天下的蓝
铺设辇道

与寒冷合谋，汉白玉
桥孔下的流水，把冰块
的内核点燃

燕山浩荡如风。一瓶白干，
无法抵挡呼啸而至的蔚蓝

什刹海与糖葫芦

从结冰的湖面上
滑入冬天和北京的深处
比寒风更高的天青色
辽阔无垠
如同暌违的乡愁
走过萧瑟
走过阳光下的行人
一切都已改变
一切都未改变
黄叶村的曹雪芹
呵气成霜
糖葫芦的出现
是偶然
也是心照不宣的约定
冰凉酸甜
从舌尖
沁入岁月
语言是多余的

北京，北京

似乎一脚就能踏入
那些过去的日子
朱檐，筒瓦，木格子窗
伸伸手就能够着，有如多年不见的朋友

照例是槐树，或椿树，把一片片绿叶
引向高处，接下阳光和风

天空在记忆中一直蓝着
自行车铃铛的反光依然耀眼
影壁后的那些人家，各自兴衰
炊烟中，有炸酱的气味

像路人一样，路过人间的正午
道路与时间一起向前延伸
触手清凉，说不出的欢喜

看得见景山的餐厅

二楼天台上的茶座虚位以待
时间是绿色的
元明清还在发酵

筒瓦的屋顶
截住四溢的阳光
漫无目的地闪闪发亮

天空与初秋
在万春亭的重檐之上
一起敞开
从西向东的云
说出风的形状

已经流淌很久了
这条北方的河
西红柿换成了红色的大虾
却把青春遗落在沙滩上

金陵的柿子

六朝如梦
瘟疫仍在蔓延
白人优越的谎言像枯叶
一样脱落
这个世界，秋天深了
神的故乡鹰不知其踪
浩荡的风，横扫天地
为冬的驾临殷勤清场
乌鸦的叫声，越来越欢欣
所有的坚持都在苦苦支撑
被遮蔽的枝干饱吸张旭的墨汁
岁月的余火溅落
一枚枚柿子，从内心燃烧
在栖霞山的冷雨中
万里外的巴黎，众生逃离
台城柳依依如旧，不知如何安慰

南园一时

鼓楼从想象中浮现
挽不住应天府的骏马

庑殿画栋之侧
招待所便是鹿鸣馆

从行囊中拈出一角岭南
水沸之时，茶香如雨

乌衣巷的斜阳悬在窗外
从秣陵到金陵，俯瞰世间功名

闲堂老人挟着简帛从校园走过
钟楼下的草坪，依然唐风飞扬

秦淮河波澜不惊，想象着
桨声和灯影

大雁塔

岁月浇铸的酒瓶
涵纳无数明媚的记忆
每一滴汁液
都是紫色狂想的余烬
我没有去过长安
也没有去过唐朝
我只需要一只玉碗

西藏印象

阳光与蔚蓝无边无际
一头雪豹，从我的骨骼中
飞跃而出
布达拉宫很高，超越王国的冠冕和千年盛衰
以风为翼，藏红花之上
雪莲花之下，灵魂的疆土
恣意伸展
目光越来越清澈，看得见云后的雪山，深藏
的豹纹
在未来的记忆中，闪闪发亮

我曾喝下比雪水更解渴的青稞酒吗？

乌鸦与雪山

白色无限扩张，从大地到天空
数不清的朝代打马经过，尾随风的末梢
四处被驱逐，乌鸦的孤独比寒冷彻骨
它希望羽毛是金色的，叫声如云雀

命运从不应答，就像矗立的雪山
卑微的呼告，只是苍茫中的一点黑色
仿佛随手就可抹去

信仰在风中筑巢。满地空壳，
并非最好的收尾，时间冻成内伤，
它是唯一的火焰

居延海日出

光与影反复较量
一切暧昧不明

四围空阔，天际暗红一片，压住
所有声音

河岸与芦苇，吞吐初秋的凉风，
不绝如缕

上升，或下降
仿佛在一念之间

首先按捺不住的，是潜伏已久的水鸟，
（同样潜伏已久的是取景框）

在逆光中果断出击，捕捉住翼展最大的
一刻，日出与黄昏在此决胜

波动不已的涟漪，明暗激荡
有许多碎片一点点下沉

青海湖

视野迅速还原
只剩下大海，远山和草原
还有它们和天空的应答
如同宇宙之初

无数次从汉语抵达青海湖
人的痕迹与人的历史隐匿无踪

暴雨，炎热，瘟疫
所有的恐惧与忧伤
被屏蔽在语法之外

从一无所有
到一无所有

向永恒张开双臂
时间的流逝
从风中听到回音

胡杨

它是天选之树
拒绝成为庭院的装点

从不毛之地挺身而出
为了成全厌世者最后的信念

人间的祸福，如同流沙
它在无数秋天中静静燃烧

然后，枝叶与根须灰飞烟灭
它的主干像劫后余生，撑住无涯的荒漠
蕴含了全部深情

西湖岁末

水天澄澈，保俶山
温柔地融入暮色

俏立的孤塔，从青翠的记忆中脱颖而出，
最后几片枯叶，不够一次燃烧

鱼鳞状的云朵，衔住
正在流失的蔚蓝与光芒
云影伏在鱼背上，波澜不兴

船与游人退出视野，寒冷是透明的。岁月
被清空。从过去到未来，一览无余

窗下的红泥小火炉，正在等待漫天大雪。
几瓣桃花，一把折扇，往事纷纷扬扬

不设防的江南

游船坐在雾霭中
朱漆的四方桌坐在记忆的水纹中
江南是不设防的

点一碗肉丝面
撒几粒葱花
小巷的早晨
破壳而出

码头无人
樟树从对岸接引阳光
乌篷船撑开阡陌

缓缓流淌的是天空。青石桥的栏杆上，
晾晒着明亮的冬天

被淋湿的，不一定是江南

绣湖的草木又该绿了

——义乌咏

穿街走巷的拨浪鼓
摇出了国际商贸城

通往马德里的中欧班列
从这里出发

五百年前，戚继光招募的矿工
从这里出发

一千五百年前，西来的达摩在此勘址
云黄山的烟霭散去，双林寺面目如新

白毛浮绿水，红掌拨清波
骆宾王对着绣湖吟哦
最柔软的童心，将要拨动最锋利的琴弦
《讨武曌檄》横空出世，与戚家军的剑锋，相映生辉

吴晗从这里出发，抚摸中国历史
从西汉的货殖，到明朝的风云
一部《朱元璋传》，至今传诵

冯雪峰从这里出发，
携着骆宾王的诗囊，从绣湖到西湖，
湖畔的行吟，留下《春的歌集》
"像一座森林

盖着一个独栖的豹"

还有宗泽
还有朱丹溪
还有朱一新
名将，名医，名儒
从宋元到清末
然后是新世纪的日出
然后是日出之时对新青年的呼唤
陈望道与陈独秀，在照亮未来的
霞光中，并肩而立

这纵贯千年的金衢盆地
最先从四十年前的春风中
领悟春讯
四海的商贾摩肩接踵
在大安寺塔的凝望中

还记得坐闷罐车返乡的那年
家酿的米酒很暖，而四壁清寒
鞭炮欢快，而道路泥泞

绣湖的草木又该绿了
疫后的第一杯绿茶
等待着经年未归的游子

书房外，蔚然为江南和四季

毛竹，月季，桂花树
从街边悄然崛起的香樟，梧桐
在父亲的书房外，蔚然为江南和四季
花的开落，叶的荣枯，桂花香的明灭
如王朝的兴替，人生的盛衰
父亲从万卷藏书中，窥见刚柔交错的天文，
文明以止的人文
秦时的风，拂动青翠的竹叶
弦声般的三角帆，飞速掠过大海
亚历山大图书馆在埃及海岸落锚
一场大火，是的，又是一场大火
在成为废墟之前，荣耀总是格外耀眼
黄昏，客厅里闻到炒三丝和火腿鲜笋汤，
这是我的江南，我的童年，比宋词元曲更可人
喝完一杯酱香的白酒，父亲走回书房
唐时的月光早他一步抵达

澳门威斯汀度假村盛夏即景

雨后的云
浮世绘一般
盛大铺开

红瓦白檐的长廊
通向看不见的海边

鸡蛋花树打开折扇
冲出一蓬绿色和几簇殷红

请勿践踏的草坪上
有一只猫，想必是金色
风一样跑过

官也街见闻

旧时人家
春联犹红
一层轻浅的白漆
封住了所有往事

毗邻的爱记咖啡
（对，是爱记咖啡，不是张记或陈记）
首次邂逅
却已永久打烊

是什么样的变故
打断了时间
以爱为名的招徕
隐隐可闻

盆栽的石榴是遗民
在秋风中攥住一两团火焰
对世事无动于衷

对面的集市
花枝招展
以旗袍主妇派月饼的画面
唤醒游客的记忆
依然是旧时人家

与小巷书
　　——见澳门蛤巷、雀里而作

我是在二十年后的冬天发现你的
焦糖的香气是你的呼吸
灶台上的炖蛋已半熟
左邻右舍都在等待
都看不见
毛玻璃透出他们的背影
麻将声被巷口的风截和
低垂的屋檐，像伸出的手
为今晚的月亮准备通道
食蛤的半仙不知其踪
两个迷路的人，从你的
肘腋之间，擦肩而过

珠海夜宴

东临碣石
以观沧海

那一年
我在唐家湾停泊

若海湖苍茫一片
无名无姓

临山的宿舍
恍如隔世

"9·11"的硝烟
从电视里蔓延

世界很远
也很近

坐在叠石酒家
回忆十六年前的聚会

中美贸易战的风声
依稀远去

眼前的朋友
已非当年

睹霜剑所摄火柴和空盒有作

燃烧前的平静
或是陨落前的绽放
命运的正反面
难解难分

空盒本非空盒
目击过
人世间最小的焰火

睹猫视灵剑临屏照有作

电视前的主人
手握一罐啤酒
跷着二郎腿
观赏自己的同类

电脑前的主人
正襟危坐
神色紧张
好像在和自己搏斗

此刻
猫粮充足
女主人满面春风
一个妙字就够了

他想表达什么

写在留言纸上的日记（二首）

1. 现在是零点三十分的十字街头

长长的斑马线上
空无人影
被命运引渡的众生
早已安歇在各自的彼岸

现在是零点三十分的十字街头

零点三十分的十字街头
像大河一样宽广
像大漠一样空旷

所有白昼的喧嚣
都已被击溃
那些沉船的碎片
纷纷扬扬
飘落在夜的深处

红灯　绿灯
这文明世界一开一阖的双眼
依然在殷勤地变换时间
却不知所云

2. 这些七年前的事物

走进熟悉的校园

我是唯一的陌生人

华表
办公楼
林中的小路
小路尽头的未名湖

这些七年前的事物
这些七十年前就在那里的事物

不是我经过了它们
而是它们经过了我

很多人在跑步
和我们当年一样

我真想叫住其中的一位
和他聊聊北大的现在

可是
是他们经过了我
不是我经过了他们

我碰到的唯一熟人是车队的戴师傅
他正和手机那头的主顾侃着价
没空搭理我

戴师傅的肚子更圆了
像时间的曲线

下酒菜

方鸿渐的故事
被压缩成十张光碟
每一张光碟
都是一枚五香花生

往事
从咀嚼开始

唐晓芙
是谁的化身

江南古镇的石径上
留下了谁的踪影

赵辛楣的烟斗中
积着多少友情的灰烬

从上海到湘西
从湘西到上海
岁月的刻刀
镂出多少笑纹

烫一壶黄酒
和自己干杯

韦庄打从春天经过（外一首）

垆边人似月
皓腕凝霜雪
韦庄打从春天经过，偷了一壶酒
半个时辰后，江南醉了

对饮

时间的碎片
纷纷扬扬
你从白居易的诗中
捧出红泥小火炉

对饮的人
还在长安的驿站

未曾干涸的三月

二十七年前的莽撞少年
背着网球拍，闯入浩荡的北方
未曾想到告别
比如，江南的春天
春天中的太子湾
无比温柔的水流
从内心流过，在记忆中
干涸
樱花再开的时候，已经历了二十六次凋谢
如同火石相撞，明媚的花色
点亮湿淋淋的三月
未曾干涸的三月
千里外的梨树
正在等待一场春雨

第 5 辑

诗意与非诗意

水果狂想曲（组诗）

1. 从梨树抵达红叶李

从正在结果的梨树出发
穿过大江大河
穿过一座座城市

渡船上挤满摩托，帆布袋和乡音
地铁上，巴士上，人与人竭力保持距离
油光锃亮的皮鞋
沾满泥土的球鞋
懒散的人字拖
无分贵贱
的士和私家车，在红灯前
争夺头位

冯小刚在七年前的电影里自称六爷
对垒的军队在商场屏幕上相互炮击
山火从西伯利亚蔓延到新墨西哥

印度仍在高温下煎烤。口罩与面罩
遮住了整个世界
到处是游动的眼睛

背包里的水瓶
早已喝干

沙漠的尽头
是一枚悬挂在树枝下的红叶李
如同红海劈开后残留的水滴

2. 芒果

黑色的泥土是被禁锢的大海
汹涌着所有死亡
腐烂，或未腐烂
森森的白骨，比碎裂的珊瑚更刺目
地下的宫殿和金矿，在洛阳铲下，
闪耀着杀机
毒蛇早已失明
蚯蚓在窒息中寻找呼吸
火焰的种子如同无坚不摧的蒲公英
沉默了一个春天的芒果树
抓住了这场风暴
从果尾到果蒂，从亚平宁半岛到比利牛斯山
火焰迅速蔓延
果浆碰撞的声音，像斗牛士的号角
大火的余烬中，浑圆的果实黄里透红
正在收藏风暴的尾声

3. 枇杷

锁住天空的云层
被月亮击碎
裂纹向天边扩散

蛰伏多日的河流
纷纷睁开眼睛

明黄色的火焰在果芯燃烧
率先突围的枇杷，抖了抖雨水
初夏的轻寒，猝不及防

——同一场大雨中，
没有野花溺亡的报告

就像排演好的 Happy Ending
明天的餐桌上
也许会有一碟枇杷

无须消杀。那些我热爱的城市
今夜都收到月光了吧？

4. 荔枝

四方天，四面墙
被封控的妃子
眺望着次第打开的重门
嗅到了昂贵的岭南

岭南之南，苏东坡在蒲葵树下独坐
赋闲的双手，像嗑瓜子一样
嗑出三百首唐诗

唐诗如啖荔枝。一地空壳中，
留下一枚种子
千年之后，孵出硕大的月亮

5. 木瓜

伊甸园从文明的开端坠落
四射的禁果，像锐利的弹片
划破纸糊的历史

从匍匐的灌木中拔地而起的树干
试图撑起千疮百孔的巨伞
攀附的枝叶，如鳞片一样
层层剥落

风雨仍在云端密谋
拒绝委地的果实
在半空聚集

青色是照不透的盔甲
内心深处的成熟
正在点燃湿漉漉的导火线

端午节的龙舟
劈开夏天
屈原的手，曾牢牢抓住
最后的碎片

鼓点没有节奏
奥密克戎步步紧逼
天空如倒转的祭坛

水与火，激烈搏斗
重重地下坠，能否击中命运？

6. 樱桃

果农把盛夏铺满竹匾
几乎引起一场火灾

无从灭火。任喜悦惊慌失措
就像最初的相遇

拈起火焰的尾巴
黑色的眼珠中火光闪耀

海子在火焰中起舞
想念着麦子与四姐妹

淡淡的果香，如同逝去的岁月
你抓不住风，也抓不住忧伤

7. 桃非逃

青色是一座城
把初夏铺展到天边

万物生长的声音混杂在鸟叫声中
从春天偷渡

桃花已不见踪影
黑色的树枝，反复操练筋骨
预防无人戒备的低空坠物

以果核为圆心，勾勒出成熟的弧度

初见世面的红晕，暴露了时光的底牌

从山林到超市，关隘重重
满筐的果实还未匹配合嘴型的口罩
果农聚集在树下，逃避抒情

田园令（组诗）

1. 苹果树

初冬从深秋跌落
酣畅的苹果雨停留在半空
一团团火焰，包裹着伊甸园最初的约定
在万物凋零之前
酝酿一场
无人抵挡的攻势
甘甜的想象，是前哨站
风从林间出发
带着大赦天下的神谕

2. 西瓜引
——兼答如何书写自然与生态

大地上的滋长，酣畅自在
无视人间的法度

万有引力的雕琢
令时光圆满

从荒原的记忆后撤
留下隐秘的约定

（达西与伊丽莎白在晨曦中
相互走近）

轻轻一叩
跌落半个盛夏

3．青梅

曹操的兵马从春天出发
一眼望不到尽头
大地渐次枯黄

后羿的弓弦一次次绷断
兴亡的交接处，颗粒无收

在悬崖之巅煮一壶酒
俯瞰水上的大火
大火上的明月

江南从花开处，缓缓归来
曹操的兵马依然望不到尽头

记忆如牙龈
残留着最初的青涩

4．冬日里最后的菜地

小狗为冬天所伤，无助的眼神，
在寒冷中寻找安慰

以手掌接住阳光，时间的沙粒，
一点一滴流失

大地接近枯萎，广场舞大妈们，
试图伪造春天

泪水与悲伤，无处容身
柚子树上的坠落，持续了一个月

寒风掠过，一切都在退缩，
只留下一畦菜地，与虚无对峙

第5辑　诗意与非诗意

晚餐吃到新摘通菜因思及翠玉白菜之奇

上帝打了一个饱嗝
春天凋谢在麦地里

普罗米修斯盗取的火种
从半空中溅落

所有深渊中的游鱼
背着一条条红纹急速下潜

摆渡者濒临失业
码头上的泡面，堆积如山

盛满烈酒的喷壶
执着地浇灌着倒毙的胡杨

月光是一次葬礼
照亮每一片水面

画家在调色前与梅菲斯特谈判
试图以灵魂为筹码，还原一棵青菜

新贵妃醉酒

车来车往
明月未老
大唐在风声中

千里之外
华清池重起波澜
那一场醉舞
为看不见的时光
披上凤冠霓裳

折扇一挥
千娇百媚
兴亡只在一瞬间

犹记点朱唇
犹记贴云鬓
顾影自怜的镜中
梨花纷飞

"是谁说旧戏文已泛黄
我却当作是国色天香"

轻歌剧

序曲

威斯敏斯特教堂的钟声
惊破庭院深处的清梦

此岸和彼岸
只有一念之差

阳光下的迷雾
吞没了整个城市

凭窗而立的漂泊者
开始怀念
那抵押给道路的新嫁衣

咏叹调

虞姬虞姬

疾舞于刀锋
又如断翅的蛱蝶
跌落在楚霸王的帐前

爱
瞬间凝固

——那些嗜血的勇士
掩面而去

尾声

黑夜是潮湿的
弥漫着烟草味
难以自拔

每一个黑夜的幸存者
都喊哑了嗓子
双眼满布血丝
坐在大地的出口

齐天大圣

天崩地裂
它从玄冥中一跃而出
一个筋斗云
十万八千里
一个吞吐
就是上下五千年

水帘洞，花果山
啸聚着万千灵猴
它登高一呼
把陶渊明的南山和施耐庵的水浒
召集到麾下
一樽果酒
醉倒了乾坤

取经的道路无比艰难
满腹经纶的玄奘
勘不破虚情假意
馋嘴的八戒屡进谗言

妖魔当道，它的手脚被紧紧缚住
屈原的冤屈，它一再领教
但它不会行吟泽畔，更不会
自沉汨罗
只要金箍棒在手
就能打出清平世界

穿过烈焰，狂沙，无尽的荒凉
雷音寺有如拨开浮萍断梗的水面
照见过去未来
它是终点，也是起点
辽阔天地，依然可以放牧自由

第 5 辑　诗意与非诗意

一碗江南

一点鲜肉，一张薄皮
裹出童年的模样
汤很淡，几粒虾米
细碎的紫菜化开
有如西湖的柔波里
隐隐可见的水草

一碗江南
可抵十年尘梦

窗外的五月
满眼和风

一竿清秋
——睹花剑钓鱼图有作

高楼一角
池塘宽阔如渊
于竹凳坐下
未知有鱼无鱼
排钓钩，抛长线
姿势不能错
心态要放松
不学姜太公的权谋
不学严子陵的不羁
一竿清秋
天地独我一人
有蜻蜓来仪

深秋的柳条

冷月如刀
剔走多余的思绪
无须召唤逝去的春雨
和春雨后的萌动，别离的缱绻
满头青丝终披雪
寒鸦选择孤独
背负天地茫茫
风过处，依依如旧

从冬天想象初夏
—— 灵剑领游扬州郊野有记

麦地恣意金黄
从路边铺到天边
仿佛有一头豹子
在阳光下驰骋

石榴红，枇杷黄
比河水更加明亮
一丛丛叶子下
朝天椒，西红柿，发紫的茄子
大地充满可能

一根木桩撑住一截木板
就是轻巧的渡口
它在等待一艘船
或一个异乡的游子

白鹅在岸上扑打翅膀
顶着高傲的红冠
从浮萍和绿荫中
脱颖而出

此时想象冬天
如同从冬天想象初夏
有与无，远与近
似乎在一念之间

泉之坟

在黑夜的深处
埋葬着一段流泉
宛如一曲未了
瞬间凝固的战栗

飞鸟远去了
像四散的音符
轻快的松鼠
早已踏着时间的音阶
遁入听觉的深处

一缕孤独的风儿
悄然掠过
卷走了浮尘和枯枝
却不肯稍作停留

那云缝跌落的月光
在阒无人迹的荒芜中
头枕着莹白的躯体
疲惫地喘息
没有回声
也无人倾听

在地球另一端的大海中

有一条银色的鱼儿
沐浴着激流和阳光
游进了它
冰冷的梦中

——二

第 5 辑　诗意与非诗意

逆光中的寺庙

五彩的经幡
像无字的诗行
丈量着
大地与天堂的距离

骑虎而过的佛祖
在绝壁之巅打坐
在时间中
参悟时间
直到一颗种子
长成参天的菩提

千年之后
远方的游子徒步而来

天空一无所有
逆光中的寺庙
像佛祖脱卸的袈裟

诸神的信使

午后的阳光
将一个世纪的喧嚣
放逐于界河之外

在时间中兴起的
终将在时间中飘零

平静的大地
宽容地接纳了一切

卑微的虫蚁
这诸神的信使
穿行于同类的躯壳
步态自如

——在腐烂的信息弥漫之前
宣告神与万物的和解

一个无神论者的城市漫步

大地的弓弦
轻轻一颤

归航的游艇
交叉而过

道路深处的韧带
瞬间绷断

方向散裂了
让仓皇的眼睛
无所适从

阳光如织
遍布街巷

从行人的缝隙中
走出一个
慵懒的午后

点一根烟
往事成灰

身后的墓碑
一扇
未曾叩打的
门

石子路

在坚硬的大地上
镌刻出波浪的纹路

午后的心绪
向小巷的深处蔓延

一枚枚方形的记忆
被细碎的脚步叩响

街灯亮了
处处是梦的剪影

小泉居

一池流光
在银色小勺的搅动中
散裂为记忆的碎片

又如缓缓洒落的砂糖
沉入了这个城市的深处

那淡渺的幽香
比海藻的气息还要遥远

春雨坊

从江南的三月归来
从炉边的暮色中归来

那新焙的茶叶
抖落一身风尘
坐在细瓷的杯底
坐在孤悬的灯下

万水千山
滤不尽沙沙的雨声

隔座的人远了
杏花的小径
通不到窗外

黑沙滩

无名的过客
独坐在潮涨潮落的海边
手握一捧温热的沙

那纤细的沙砾
从紧绷的手掌中
无知无觉地
滑落

渐渐地
在双足之间的隙地里
垒起了一座小小的坟
柔软而圆
埋葬着阳光

——空气冷却了
静寂无声
颤动着隐隐的心跳

他抽搐了一下眼角
想起那只猫
那只褐色的猫

身躯阴暗
双眸发亮
穿梭在岩下的城邦

黄昏（一）

太阳躺在河岸
摊开一地的光芒
像一只打盹的猫

卑微而虔诚的泥浆
用柔软的手掌
托住太阳酸痛的后腰

月亮从虚空中
轻快地现身

四合的暮色
如阳光灼烫的烟斗中
缓缓吐出的烟雾

黄昏（二）

夕阳已经逃逸

天空检视着伤口

广场，哦不，整个世界

被光芒笼罩

手工砌成的弧线

如拨动的琴弦

与天地共鸣

人类在逆光中起舞

一杯咖啡，摆在休闲椅上

从空间中突围的旅人

把时间放入背囊

晚一步

临近黄昏的时候
太阳把缰绳系在树梢
惬意地打量着
身外的世界

天空的亮泽正好
山的阴影正好
天地交界的弧度正好
海边小径的长度正好
抵达的时候正好
相遇的时候正好

晚一步
就是另外一个故事

澳门速写

1. 葡京女郎

游鱼般的身段
像塞壬的歌声
空气如水

2. 古堡酒店

斟一杯海水
有夕阳的味道

3. 大三巴牌坊

踏海而来
踏海而去

神的荣耀
只剩一张门面

4. 大炮台遗址

满挂舷炮的海盗船
搁浅在城中的高地

锈断的铁锚
徒然地拴住月光

5. 东望洋山灯塔

这大海的遗民
眺望着高楼
高楼的后面是海
海上有夜归的船

6. 外港

海水退下
铺开夜的地毯

一点渔火
不知所终

7. 伶仃洋

休渔季节
诗人扬帆出海

他想去打捞孤独

风景日记（实验诗）
——日记体 1 号

18 日，晴，微冷。空气指数，未知。能见度，未知。山在景深处。长云扫过天际。高楼被推开。中心与边缘，迅速换位。池塘已无蛙鸣。被采集的绿色，足够铺垫一次想象。

19 日，晴，有寒意。空气指数，未知。能见度，佳。天空蓝极，欲言又止。两栋别墅在天空下拼图。一栋是绿色块，一栋是粉红色块。第三栋别墅挤进一角，似乎急于诉说。世界呈现为平面。两棵盆栽的绿树，接引阳光和三次元。

20 日，阴，有风。空气指数，未知。能见度，弱。游鱼悬于虚空。游动处，时间的潮汐顺流而下。鱼鳞从未染尘，有如黑夜的裂口，光芒四射。

画与画

大自然的画笔轻轻一抖
绿杨田垄就成了枯树寒烟
鱼背上奔涌的河流也安静了
像一声清冷的叹息
挥汗如雨的农人，不知其踪

瘦石散落的河滩上
画家摆开画架
久久不能动笔
淡紫色的天光
仿佛在一念之间

低碳生活

回到诗经的年代
头枕溪流和游鱼
听草叶呼吸
看蚱蜢交欢

所谓伊人
翩然而过
一匹白马
低头吃草
它将载着恋人远行
沿途没有加油站

正午的凉亭下
漆园吏大口喝水
一根藤杖　几册竹简
打动了几千年

关掉手机
关掉空调
再见吧　法拉利
打烊吧　华尔街

——没有好莱坞大片的夜晚
才能听到
荷马的低吟

拟曼陀罗体

空空的渔网，如同结绳记事
一切修辞都被过滤
从茫茫，归于茫茫

镜片中的女子
在黑色吊带裙外，轻敲
骨骼

关于黑洞的对话

智利科学家发现了黑洞
哦，你快乐吗
黑洞深不可测，可以抓住光线
哦，你牙疼吗
我说的是黑洞，爱因斯坦的黑洞
哦，如果雨不再下

夜丢失了一只轮胎

夜丢失了一只轮胎
一往无前的梦境
在倒后镜中倾覆

沿着直达天际的人行道
星星像冰块一样滑落
跌入
刚刚斟满的威士忌酒杯

野蔷薇在半空绽放
埋伏多年的旋律
拔地而起
许多人影在屋檐起舞
又随夜雾消散

酒吧里的独酌者
晃了晃酒杯

都市与古镇的非逻辑关联

穿过伊拉克的战火
跑赢死神和宇航员的梦想
建筑大师扎哈的银河战舰
降落在繁华深处的风暴眼

莫里哀的歌剧
越洋而来
钢铁与玻璃
撑起未来世界

正当小暑
辽阔的广场热浪翻滚
阳光刺破云层
比楼价还要炽烈

我在沙湾古镇的小径
缓缓蹲下身
背对人类
抚摸一只小猫的后颈

世界安静了

酒吧二题

1. 漂流木

西门外喧闹的酒吧
不可自带酒水
声音也被没收
他在桌边坐下
像一块冰块，趴在酒杯深处……

2. 调色板酒吧

这是一个曾经红火过的地方
他和同屋一度是那儿的常客
自称是大学毕业生的老板娘
把三分姿色勾兑成掺水的酒

稀释的岁月就这样饮入肚中
满桌空瓶计量着昼夜的更替
风花雪月在瞬息间成为往事
爱情依然是不容亵渎的话题

黑夜的外套

熙来攘往的餐厅门口
一条黑狗撑开四肢
趴在大地上
像一件黑夜的外套

人类从它身边绕过
对它窃窃私语

它低垂双耳
早已失去了好奇心

戴着墨镜的老板
在柜台后数钱

门

门是一个永恒的体裁
你穿过了它
它框住了你

你用一生
丈量人与自由的距离
而风
是不羁的

即景

在人与人相互隔绝的世界，风是自由的
楼上的簕杜鹃，看不见的簕杜鹃
借着无声的花瓣雨，
从黑色的阑干，飘入
人家的露台
映着蒙蒙水光，像欲语还休的问候
万分之一的概率，被一片落花攫住
挺立在命悬一线的阑干，不肯委地
没有蝴蝶的季节，依然有飞翔的渴望

I'm bored

奥斯卡颁奖了
影帝叫 Rami
宽脸方下巴
再次为 Queen 乐队已故主音还魂
影后是 Olivia 大妈
力压她的偶像 Glenn Close
她出演的影片叫《争宠》
最佳电影 *Green Book* 书写反歧视主题
网友们却为墨西哥导演的《罗马》叫屈
这个《罗马》并不浪漫
主题是墨西哥人偷渡美国
而不是公主邂逅记者
胡子拉碴的海王穿着粉红西装出场
力拼眼球经济
戏外戏在河内上演
A 货与 A 货
在镜头前拥抱
一位不关心英国脱欧的澳大利亚机师
远在万里之外测试飞机
受不了几万次空转
把飞行轨迹画成一行字母——
I'm bored

啤酒很凉， 牛腩微辣

傍晚时分
不知名的小饭馆
一瓶啤酒
一碗咖喱牛腩面
朋友说
幸福开始了

我想他是对的
走过了很多路
见过了很多人
这一刻
属于你自己

不需要应酬
不需要堆笑
人性的丑陋
败坏不了你的胃口

啤酒很凉
牛腩微辣
明天
是另一种可能

也谈冬雾

成为不了雨
够不上一场雪
到处打上马赛克

蠕动的行人
影影绰绰
谁也看不透谁

太阳是一团光晕
分不清东南西北

风在酝酿中
不幸醉倒

德尔塔与奥密克戎
勾搭成奸

大文豪的啊啊啊
像关不上的留声机

以海德格尔的方式看一棵树

总有一些事会发生
飞鸟经过
掠走一茎树枝
微风吹过
拨乱它的发梢
阳光无所事事
把树荫截短拉长
喘着粗气的脚夫
在树下擦汗
勒痕累累的树干
拴过缰绳
也拴过缆绳

骏马的后裔
都在赛马场绕圈
仅存的打鱼船
再也捕不到干净的河鱼

只有落叶的脉络没有变
像历史的经纬
挤掉水分　　做成书签
正好与康德为伴

如果只是路过

如果只是路过
油菜花与我何干
青石小径与我何干
春风与我何干

如果只是路过
月光与我何干
夜色与我何干
满天的繁花与我何干

如果只是路过
孤独与我何干
寂寞与我何干
悲欢离合与我何干

如果只是路过

全世界的恐慌之外

全世界的恐慌之外
拱顶的木屋
比主人还惬意
草坡是浅绿的
树林是深绿的
高耸入云的雪山
是必要的远景
一条光洁的公路
蜿蜒如溪流
穿过文明的内核
路边的长椅上
也许坐过等候初恋的阿甘
巧克力盒尚未打开
一切宁静自足
多年前从此经过
仿佛有阳光，仿佛没有
无法追加

做一个倾听者

灌木的新叶
投影在树干上
树干上的枝叶
投影在远处的空地上
风动影动
充满了暗示

背阴处
一枝野花脱颖而出
与四围发光的草叶
相对无语
暗红的花瓣
在时间深处燃烧

做一个倾听者
不要尝试介入
让淡淡的喜悦
像自然一样滋长

《荒原》 变奏

干渴与诱惑
主宰着渎神的世界
致命的曲线
在荒原盛开
不可逼视
有如最后通牒

这是一场没有载入史册的
伟大撤退
枯树与大地深处
春潮澎湃
一千朵蒲公英
伺机待发

看不见的天空
尚未释放阳光
还来得及忧伤
还来得及，把触痛
隐藏

终曲

荒原之后

荒原之后

1. 芬兰的冬天

天地的色泽已枯竭
湖面一片漆黑
所有的声音都被埋葬

穿风衣的男人，步履匆匆
从地球的另一角掠过
手中的花束，带起一阵风
来自某一年的初夏

瘟疫仍在蔓延
许多人将在预知的恐慌中死去
等不到圣诞的烛光与炉火

五只黑天鹅，弹奏着即将冰封的湖面
像哀悼，又像福音

2. 天鹅

衔着火焰
向永恒泅渡
世界急速后撤
澄澈的湖面
不接纳一切倒影
丽达从惊惶中苏醒

无法辨别圣洁与羞耻
泪水如挣断的珠链
白色在凝视中
成为疼痛

3．冰挂

无数的风
冻死在黎明前

透明的遗骸
悬挂在被收割的大地

到处都有挣扎的痕迹
像缪斯的判决

4．时间微凉

灰白的云层拉低天空
投影在看不见的水面
吞没一切记忆

野蔷薇在第十个花期盛开
为自己盛开
脱落的棕榈壳
如脱落的繁华

鹰背之上
金色的玻璃犹在堆砌城堡
行人与车流，从灯影下
穿过

巨大的咖啡杯，永不餍足

仿佛有雨，仿佛有青草的气息
时间微凉，从指缝滑落

5. 霜降

以霜降为界
所有的青涩在此作别

然后是呼啸而过的风
然后是被风裹挟的背影

红梨和柿子，点燃一团篝火
阻止寒冷的蔓延和未成熟的死亡

6. 界线

烟花又一次越过山头
隆隆声来自月亮的心脏

寒风反复擦拭夜空
亿万年前的星光如期抵达

许多火焰已提前熄灭
壁炉旁的木材，越堆越高

界线脆薄如冰
弹指一叩，钟声从未来
突围而出

我们聆听到的
是同一种预言吗?

7. 闻香而止

无数次触摸蔚蓝
重生的喜悦传递不朽

阳光照亮所有年代
所有年代的寒冷与虚无

灵魂深处的大雪
闻香而止

裂纹在冰面下等待讯号
此岸与彼岸将被再次定义

一枝梅花
如破空的笛声

附　录

中国现代诗学中的性灵派
——论徐志摩的诗学思想与诗论风格

龚　刚

徐志摩的诗论不多，重要的有《汤麦司哈代的诗》《济慈的夜莺歌》《拜伦》《白朗宁夫人的情诗》《波特莱的散文诗》等数篇，除此之外，他在为《晨报副刊·诗镌》《新月》《小说月报》所写的前言、后记、征稿启事如《诗刊放假》《征译诗启》等文中，以及在诗集的序跋、文学讲演和部分记人记事的散文中也发表过关于诗艺、诗评和诗歌翻译的见解。虽然他自称"我素性的落拓始终不容我追随一多他们在诗的理论方面下过任何细密的工夫"①，但他所留下的总量不大的诗论文字，却是中国现代文学领域的宝贵财富。从学界的研究现状来看，徐志摩的诗论尚未得到足够重视，几部主要的中国现代文学批评史均没有为他设置专章或专节②，各类学刊上也较少探讨其诗论文论的专文，这和评说其诗艺文风、性情人格的文

---

① 徐志摩：《猛虎集》序文，蒋复璁、梁实秋主编：《徐志摩全集》（第二辑），台北：传记文学出版社，1969 年，第 345 页。以下所引《徐志摩全集》第一至第六辑皆为传记文学出版社 1969 年版。
② 如温儒敏《中国现代文学批评史》（北京大学出版社，1993 年）、许道明《中国现代文学批评史新编》（复旦大学出版社，2002 年）、高利克《中国现代文学批评发生史（1917—1930）》（社会科学文献出版社，1997 年）等中国现代文学批评史研究方面的代表性著作均未设置徐志摩专章或专节。

章之多，形成了强烈对照。①

其实，徐志摩的诗论恰是其诗风和人格的延续，自由不羁，才气外露，充满激情和想象，既不乏深邃灵思，又有激动人心的力量。如果说，他的诗歌是性灵的迸发，他的短暂一生是性灵自由的恣意挥洒，那么，他的诗论则是来自性灵深处的激情之思。他既是中国现代文学中的性灵派，也是中国现代诗学中的性灵派。他的"独抒性灵"、激情四射的散文体诗论与郭沫若、郁达夫、李健吾等人的印象主义、唯美主义批评交相辉映，有其不容忽视的价值。本文拟在探讨徐志摩崇尚"性灵"的诗歌创作观、反对教科书式机械分析的文学批评观的基础上，解析其代表性诗论及风格，以期有助于深入认识徐志摩诗论文论的特质及其在中国现代文学批评史上的独特地位。

一、以"性灵"为宗的诗歌创作观

徐志摩是一个为性灵而生、为性灵而歌的现代诗人。朱自清称他是"跳着溅着不舍昼夜的一道生命水"②，蔡元培盛赞他"谈话是诗，举动是诗，毕生行径都是诗"③。的确，徐志摩的一生就是一首诗，而且像他的诗歌一样，也是性灵的跳荡和迸发。在苦闷的时代和浮嚣的俗世，他的诗化人生，他对性灵的礼赞，不仅仅是个体生命的自我实现和自我觉悟，更是对现实世界的挑战和批判。在题为《艺术与人生》的演讲词之中，他这样批评道："在我们这样的社会里，人们几乎体验不到音乐的激情、理智上的振奋、高尚的爱的悲

---

① 近年来以探讨徐志摩诗论为主题的论文主要有《徐志摩的诗论：在第二届中国（海宁）徐志摩诗歌节学术研讨会上的发言》（晓雪，《大理学院学报》2013 年第 1 期）、《"散叶子上的零碎杂记"：徐志摩的自由灵魂与其诗论》（乔琦、蒋登科，《海南师范学院学报（社会科学版）》2006 年第 3 期）、《徐志摩散文中的诗论》（王木青，《安徽教育学院学报》2000 年第 2 期）等，与此形成对照，探讨徐志摩诗艺文风、性情人格的文章则数以百计。

② 朱自清：《中国新文学大系·诗集》（影印本），上海：上海文艺出版社，2003 年，导言。

③ 《徐志摩全集》（第一辑），第 529 页。

喜或宗教上、美学上的极乐瞬间；任何形式的理想主义即使能够出现，也不仅不能被接受，而且必然遭到误解遭到嘲笑挖苦。在这里，人们拥有的是没有灵魂的躯壳，或者如雪莱所说那样，是精神上的死亡。"① 这是对他那个时代压抑真性情、既虚弱又伪善的社会的犀利判词。

徐志摩曾留学英国，受到雪莱、拜伦、华兹华斯和印度诗人泰戈尔的影响，他获得的不仅是艺术上的滋养，更是他们诗中蕴含的"性灵深处的妙悟"②。这妙悟形成他独特的诗样的性格，也铸就了他的爱、自由、美三位一体的"单纯信仰"③。然而，他的"诗样性格"和"单纯信仰"既与性灵僵死的社会格格不入，又要遭受世俗价值观的侵蚀，因此，他热切地希望能够远离大都会的烦嚣，回归宁静的自然，令自己的性灵得到荡涤和滋养，就像在康河两岸，"大自然的优美，宁静，调谐在这星光与波光的默契中不期然的淹入了你的性灵"④。1925 年 3 月 18 日，他在途经西伯利亚时写信给陆小曼，信中说：

> 照我自己理想，简直想丢开北京，你不知道我多么爱山林的清静。前年我在家乡山中，去年在庐山时，我的性灵是天天新鲜天天活动的。创作是一种无上的快乐，何况这自然而然像山溪似的流着——我只要一天出产一首短诗，我就满意。所以我很想望欧洲回去后到西湖山里（离家近些）去住几时。但须有一个条件，至少得有一个人陪着我；在山林清幽处与一如意友人共处——是我理想的幸福，也是培养，保全一个诗人性灵的必要生活，……⑤

---

① 徐志摩作，虞建华、邵华强译：《艺术与人生》，邵华强编：《徐志摩研究资料》，北京：知识产权出版社，2011 年，第 57 页。原文标题为"Art and Life"，载《创造季刊》1922 年第 2 卷第 1 期。

② 危亦健：《跳着溅着的一道生命水：论徐志摩诗中的性灵美（初稿）》，《澳门现代诗刊》1990 年创刊号。

③ 胡适：《追悼志摩》，《徐志摩全集》（第一辑），第 358 页。

④ 徐志摩：《我所知道的康桥》，《徐志摩全集》（第三辑），第 247 页。

⑤ 徐志摩：《三月十八日赴欧途中在俄国西伯利亚铁路寄给小曼女士的信》（1925 年），《徐志摩全集》（第四辑），第 375 – 376 页。

徐志摩在这里明确表露出以"性灵"为宗的诗歌创作观。在他看来，有性灵才有真诗，写诗就是性灵的自然流露，而性灵得之自然，需要培养和保全。不过，他并未对"性灵"一词的具体含义加以说明。《志摩全集》的编者赵家璧指出，"他常用这个词，意指 inspiration"，又说徐氏常鼓励他的学生去参观美术展览和听音乐演奏，因为这两者"同样是触动着性灵而发的"①。诚如赵家璧所言，"性灵"这个词屡见于徐志摩的笔下。例如，他在写给陆小曼的另一封信中说："我如其凭爱的恩惠还能从我性灵里放射出一丝一缕的光亮，这光亮全是你的，……"他又说："灵魂是要救度的，肉体也不能永远让人家侮辱蹂躏，因为就是肉体也是含有灵性的。"② 1926 年 12 月 28 日，他将英国女作家曼殊斐儿（Katherine Mansfield）的日记作为年礼送给陆小曼，上面题写着"一本纯粹性灵所产生，亦是为纯粹性灵而产生的书"③。又在前一天的日记中称："我想在霜浓月淡的冬夜独自写几行从性灵暖处来的诗句，……"④ 综合考察徐志摩在各种语境下使用的"性灵"一词可以推断出，他所谓"性灵"，兼有灵感、灵性、性情等义，也可以是灵感与性情的结合。与徐志摩相知甚深的胡适在徐氏遇难次日的日记中感慨道："朋友之中，如志摩天才之高，性情之厚，真无第二人！"⑤ 这里所谓"性情"，正与"性灵"相通。

由于徐志摩所谓"性灵"兼有"性情"之义，因此，他的"性灵"说就可以说是明清"性灵派"诗论的现代延伸。明公安派代表人物袁宏道在为其弟袁中道诗集所作序言《序小修诗》中赞许说："（袁中道）足迹所至，几半天下，而诗文亦因之以日进。大都独抒性灵，不拘格套。非从自己胸臆流出，不肯下笔。有时情与境会，

---

① 赵家璧：《回忆徐志摩和〈志摩全集〉》，《新文学史料》1981 年第 4 期。

② 徐志摩：《三月三日志摩临行出国前写给小曼女士的第一封信》（1925 年），《徐志摩全集》（第四辑），第 347、349－350 页。

③ 徐志摩：《眉轩琐语》（1926 年 12 月 28 日），《徐志摩全集》（第四辑），第 529 页。

④ 徐志摩：《眉轩琐语》（1926 年 12 月 27 日），《徐志摩全集》（第四辑），第 528 页。

⑤ 《胡适日记中有关徐志摩遇难的一页》，《徐志摩全集》（第一辑），第 343 页。

顷刻千言，如水东注，令人夺魂。"① 清代性灵派主将袁枚说"性情之外本无诗"②，又说"自三百篇至今日，凡诗之传者，都是性灵，不关堆垛"③。显然，袁枚所谓"性灵"，基本等义于"性情"。不过，这两者之间也有微妙区别。从他"既离性情，又乏灵机"④ 这一评语可见，"性灵"实为"性情"与"灵机"的结合。

概而言之，袁宏道、袁枚所谓"性灵"，均以人之情为内核。袁宏道在揄扬"独抒性灵，不拘格套"的诗风的同时，对"情与境会，顷刻千言"的激情写作格外赞赏，袁枚则更是明诏大号地主张"性情之外本无诗"。二袁的观点无疑是对晚明大儒焦竑诗学思想的发挥。焦竑笃信李贽之学，继承了阳明学泰州学派以率性任情为尚的心学思想，他明确指出："诗无他，人之性灵之所寄也。苟其感不至，则情不深，情不深则无以惊心动魄，垂世而行远。"⑤ 如果往更远的思想根源追溯，明清"性灵派"诗论可以说是对《诗大序》"情动于中而形于言"这一诗学观的发扬光大。

徐志摩虽然不曾直接提及明清"性灵派"的诗论，但他的"性灵"说显然与焦竑、袁宏道、袁枚的观点相契合，同时又融入了西方浪漫主义诗学崇尚情感、崇尚创作自由与自我表现的内在精神。他在第三部诗集《猛虎集》的自序中颇为自谦地指出：

> 在作者自己，总觉得写得成诗不是一件坏事，这至少证明一点性灵还在那里挣扎，还有它的一口气。⑥

---

① 袁宏道：《序小修诗》，郭绍虞主编：《中国历代文论选》（第三册），上海：上海古籍出版社，1980年，第211页。

② 袁枚：《寄怀钱玙沙方伯予告归里》，《小仓山房诗集》卷二十六，台北：广文书局，1971年，第8页。

③ 袁枚：《随园诗话》卷五，《袁枚全集》（第三册），南京：江苏古籍出版社，1993年，第141页。

④ 袁枚：《钱玙沙先生诗序》，《小仓山房文集》卷二十八，台北：广文书局，1972年，第1页。

⑤ 焦竑：《雅娱阁集序》，郭绍虞主编：《中国历代文论选》（第三册），上海：上海古籍出版社，1980年，第135页。

⑥ 徐志摩：《猛虎集》序文，《徐志摩全集》（第二辑），第347页。

这个说法再一次表明，对徐志摩来说，诗歌就是性灵的抒发。只不过，在"实际生活的重重压迫中"①写出的诗，并非畅快的抒情，而是痛苦的挣扎。对于性灵抒发的方式，他自述说：

> 只有一个时期我的诗情真有些像是山洪暴发，不分方向的乱冲。那就是我最早写诗那半年，生命受了一种伟大力量的震撼，什么半成熟的未成熟的意念都在指顾间散作缤纷的花雨。我那时是绝无依傍，也不知顾虑，心头有什么郁积，就付托腕底胡乱给爬梳了去，救命似的迫切，那还顾得了什么美丑！②

徐志摩此处所描述的心头郁积倾泻而出如"山洪暴发"的状态，表面看来，有如焦竑所谓"沛然自胸中流出"③，又类似于袁宏道所谓"顷刻千言，如水东注"。但是，从深层来看，焦、袁所述的创作境界是胸有成竹前提下的一气呵成，并非情感的"胡乱"宣泄。须知，诗是艺术创造的一种形式，即便以"绝无依傍""独抒性灵"为宗旨，也必须顾及诗的艺术或技巧。所以徐志摩自我反省说："我在短时期内写了很多，但几乎全部都是见不得人面的。这是一个教训。"④从后来的新格律诗实践来看，他的确吸取了教训，但终究无法收束自由不羁的心性，所以他说：

> 我的笔本来是最不受羁勒的一匹野马，看到了一多的谨严的作品我方才憬悟到我自己的野性；但我素性的落拓始终不容我追随一多他们在诗的理论方面下过任何细密的工夫。⑤

徐志摩在其他文章中至少还有两次以"野马"自况，如他说：

---

① 徐志摩：《猛虎集》序文，《徐志摩全集》（第二辑），第347页。
② 徐志摩：《猛虎集》序文，《徐志摩全集》（第二辑），第343页。
③ 焦竑：《焦氏笔乘续集》卷四"不烦绳削"条，焦竑撰，李剑雄点校：《焦氏笔乘》，上海：上海古籍出版社，1986年，第300页。
④ 徐志摩：《猛虎集》序文，《徐志摩全集》（第二辑），第343-344页。
⑤ 徐志摩：《猛虎集》序文，《徐志摩全集》（第二辑），第344-345页。

　　我只是个极平常的人，没有出人头地的学问，更没有非常的经验。但同时我自信我也有我与人不同的地方。我不曾投降这世界。我不受它的拘束。

　　我是一只没有笼头的野马，……我永远在无形的经验的巉岩上爬着。①

　　他又说：

　　我是一只不羁的野驹，我往往纵容想象的猖狂，……②

　　野马是现实秩序之外的存在，无拘无束，任性驰骋，既不像战马一样供人驱驰，更不愿成为乖顺的家畜，由人饲养，任人驭使。这一意象就像徐志摩所喜爱的风和云雀一样，都是自由的象征。而自由，正是徐志摩"单纯信仰"的核心内涵。纵观他的言论和生平可见，他对自由的追求，主要包含两个方面：一是创作的自由，一是灵魂的自由。所谓创作的自由，是指不受成规与教条的羁绊，尽情地抒发性灵，尽情地表现自我。他明确表示，"要使我们的心灵，不但消极的不受万物的拘束与压迫，并且永远在继续的自动，趋向创作，活泼无碍的境界"③ 是他的理想。这样的理想既彰显了西方浪漫主义所推崇的创作上的绝对自由，也和明清性灵派"独抒性灵，不拘格套"的诗学精神相契合。不过，徐志摩不仅仅是一个在审美世界恣意驰骋的"主观之诗人"，他和拜伦式的西方浪漫主义诗人一样，也要在现实世界捍卫"灵魂的自由"，反抗一切形式的奴役和压迫。他的《就使打破了头，也还要保持我们灵魂的自由》一文，是为批判北洋政府教育总长彭允彝干预司法而作的，文中评价蔡元培是"卑污苟且社会里的一个最不合时宜的理想者"，具有"想他自己的想，感觉他内动的感觉，表现他正义的冲动"的胆量，因而热

---

① 徐志摩：《"迎上前去"》，《徐志摩全集》（第三辑），第 438 – 439 页。
② 徐志摩：《我的祖母之死》，《徐志摩全集》（第三辑），第 474 页。
③ 徐志摩：《"话"》，《徐志摩全集》（第三辑），第 71 页。

诚地呼吁知识界"积极同情"他的"拿人格头颅去撞开地狱门的精神"。① 徐志摩对蔡元培的激情赞颂，展现了一个浪漫主义诗人改造现世的理想和热情，也表明了他的性灵之歌不仅仅是对爱与美的礼赞，也是对一个卑污世界的抗议。也只有在这个意义上，我们才能更深刻地理解徐志摩的如下比喻：

> 诗人也是一种痴鸟，他把他的柔软的心窝紧抵着蔷薇的花刺，口里不住的唱着星月的光辉与人类的希望，非到他的心血滴出来把白花染成大红他不住口。他的痛苦与快乐是浑成的一片。②

二、对"教科书式文学批评"的质疑

作为一个诗人，徐志摩崇尚的是性灵之歌，作为一个批评家，徐志摩崇尚的是性灵之悟。在他看来，艺术的欣赏和批评应以性灵的感应为前提，不能满足于以主义、流派的标签来区分作者，也不能以科学的分析替代整体的感悟。他在《汤麦司哈代的诗》一文中指出：

> 艺术不是科学，精采不在他的结论，或是证明什么；艺术不是逻辑。在艺术里，题材也许有限，但运用的方法各各的不同；不论表现方法是什么，不问"主义"是什么，艺术作品成功的秘密就在能够满足他那特定形式本体所要求满足的条件，产生一个整个的完全的，独一的审美印象。③

徐志摩的上述观点是针对学界关于哈代的评价提出的。当时的学者从不同角度将哈代定性为"悲观主义者""厌世主义者""定命

---

① 徐志摩：《就使打破了头，也还要保持我们灵魂的自由》，《徐志摩全集》（第六辑），第 104 – 105、104、105 – 106 页。
② 徐志摩：《猛虎集》序文，《徐志摩全集》（第二辑），第 349 页。
③ 徐志摩：《汤麦司哈代的诗》，《徐志摩全集》（第六辑），第 182 – 183 页。

论者"。① 徐志摩认为，这是拿"主义"和"派别"来给作者贴标签，犹如旅行指南、舟车一览，虽然能予人便利，却不够亲切。② 对一个真诚的读者来说，即使哈代真是悲观的、勃朗宁真是乐观的，也得通过亲口尝味去寻出一个"所以然"，而不是随便吞咽旁人嚼过的糟粕；对一个批评家来说，如果贸然以"悲观""浪漫"等"抽象的形容词"涵盖文艺家对生命或艺术的基本态度，就会失之浮泛。例如，德国哲学家叔本华、意大利诗人莱奥帕尔迪（Leopardi，徐氏译为理巴第）也同样被视为悲观主义者，但他们的悲观思想却与哈代不尽相同，所以应当更亲切地叙述他们思想的特点，并为"悲观"这个笼统抽象的评语找到一个"更正确的状词"。③ 在评价莱奥帕尔迪这位"最深入的悲观派诗人"时，徐志摩通过细心体会《墓碑上的美人肖像》（*Sopra un ritratto di una bella donna*）这首诗歌指出，莱奥帕尔迪"探海灯似的智力虽则把人间种种事物虚幻的外象褫剥了，连宗教都剥成了个赤裸的梦，他却没有力量来否认美"，"在感美感恋最纯粹的一刹那间"，他"不能不承认是极乐天国的消息，不能不承认是生命中最宝贵的经验"。④ 这就意味着，莱奥帕尔迪在最深的悲观中也有对于美好价值的刹那彻悟，泛泛地冠之以"悲观""厌世"的标签，就不能更深刻地理解这位诗人的内在精神。

此外，以"主义""派别"的标签来区分作者还有一重危险，它会使读者误以为作家都是带着某种"成心"——也即"主义"或"派别"的成见去创作的。徐志摩认为，"成心是艺术的死仇，也是思想大障"⑤。在他看来，"哈代不曾写裘德来证明他的悲观主义，犹之雪莱与华茨华士不曾自觉的提倡'浪漫主义'，或'自然主义'"⑥。他进而指出，哈代并不是一般人所谓悲观主义者，而是人生的探险者，他的思想是对于人生的"倔强的疑问"（Obstinate

---

① 徐志摩：《汤麦司哈代的诗》，《徐志摩全集》（第六辑），第 182 页。
② 徐志摩：《汤麦司哈代的诗》，《徐志摩全集》（第六辑），第 182 页。
③ 徐志摩：《汤麦司哈代的诗》，《徐志摩全集》（第六辑），第 183 页。
④ 徐志摩：《曼殊斐儿》，《徐志摩全集》（第五辑），第 178 – 179 页。
⑤ 徐志摩：《汤麦司哈代的诗》，《徐志摩全集》（第六辑），第 184 页。
⑥ 徐志摩：《汤麦司哈代的诗》，《徐志摩全集》（第六辑），第 184 页。

Questionings）。① 在哈代的诗歌和小说里，可以"发现他对于人生的不满足；发现他不倦的探讨着这揣不透的迷谜；发现他暴露灵魂的隐秘与短处；发现他的悲慨阳光之暂忽，冬令的阴霾；发现他冷酷的笑声与悲惨的呼声；发现他不留恋的戳破虚荣或剖开幻象；发现他尽力的描画人类意志之脆薄与无形的势力之残酷；发现他迷失了'跳舞的同伴'的伤感；发现他对于生命本体的嘲讽与厌恶……"，但是，这一切对于"不完善的人生"的暴露和悲慨，并不是对悲观主义哲学的演绎，而只是诗人的"内在的刹那的彻悟"和对于那个时代的"最深刻的也是最真切的"反映。② 哈代本人在如下诗句中表明了他的态度：

If way to the better there be，it exacts a full look at the worst. ③

徐志摩解释这句诗的意思说，"即使人生是有希望改善的，我们也不应故意的掩盖这时代的丑陋，只装没有这回事。实际上除非彻底的证明了丑陋的所在，我们就不容易走入改善的正道"④。这就意味着，揭示时代的丑陋恰恰是为了改善人生，而不是为了证明人生的荒诞和无意义。反之，那种视幸福与快乐是本分、不幸与挫折是例外的观念只是"肤浅的乐观"。由这种"肤浅的乐观"所派生的以"讴歌社会偶像"为宗旨的创作倾向恰恰是哈代所鄙弃的。⑤ 概而言之，哈代的作品是对"不完善的人生"的无隐忌的揭示与执着探问，表明了一个诗性思想者的无畏和深刻，而不能"证明"他是悲观主义者或厌世主义者。

在徐志摩看来，习惯以"主义""派别"的标签来区分作者乃是"教科书式的文学批评"的一大特点，这种批评方式实际上是把文学艺术降格为了观念的附庸，或是将一首诗、一部小说当成了合

---

① 徐志摩：《汤麦司哈代的诗》，《徐志摩全集》（第六辑），第 184 页。
② 徐志摩：《汤麦司哈代的诗》，《徐志摩全集》（第六辑），第 185 - 186 页。
③ 徐志摩：《汤麦司哈代的诗》，《徐志摩全集》（第六辑），第 184 页。
④ 徐志摩：《汤麦司哈代的诗》，《徐志摩全集》（第六辑），第 184 - 185 页。
⑤ 徐志摩：《汤麦司哈代的诗》，《徐志摩全集》（第六辑），第 184 - 185 页。

乎逻辑地证明某个结论的过程。因此，当学院派批评家发现了作品的结论（悲观的或乐观的），就自以为准确地揭示了作者的精神和所属派别。与此相反，徐志摩既不认同以抽象的概念来将作家笼统归类，也反对将艺术等同于科学和逻辑，在他看来，艺术作品成功的秘密在于产生"独一的审美印象"，这种"审美印象"需要读者亲自去感知，而不能由批评家代劳，也不能被先入为主的"主义"所框限，因此他说：

在现在教科书式的文学批评盛行的时代，我们如其真有爱好文艺的热诚，除了耐心去直接研究各大家的作品，为自己立定一个"口味"（Taste）的标准，再没有别的速成的路径了。①

徐志摩是在 1924 年提出上述观点的，当时，西方"科学主义"思潮对中国文学批评的影响，以及西方各种主义、流派的涌入，正处于方兴未艾之势。徐志摩对"教科书式的文学批评"的质疑，既是对文学批评科学化的反思，也是对"主义"先行的跟风现象的讥刺。如前文所述，徐志摩主张诗歌是性灵的抒发，并以"活泼无碍"的创作境界作为自己的理想。与此相呼应，在文学批评与鉴赏层面，他高度推崇个性化的"整体领悟"，而不是科学化的机械分析。② 他认为：

能完全领略一首诗或是一篇戏曲，是一个精神的快乐，一个不期然的发现。③

他又认为：

---

① 徐志摩：《汤麦司哈代的诗》，《徐志摩全集》（第六辑），第 183 页。
② 徐志摩在评论济慈的《夜莺歌》时自谦说，"我只是在课堂里讲书的态度，按句段的讲下去就是；至于整体的领悟还得靠你们自己，我是不能帮忙的。"［徐志摩：《济慈的夜莺歌》，《徐志摩全集》（第三辑），第 317 页。］
③ 徐志摩：《济慈的夜莺歌》，《徐志摩全集》（第三辑），第 315 页。

领略艺术与看山景一样，只要你地位站得恰当，你这一望一眼便吸收了全景的精神；要你"远视"的看，不是近视的看；如其你捧住了树才能见树，那时即使你不惜工夫一株一株的审查过去，你还是看不到全林的景子。所以分析的看艺术，多少是杀风景的；综合的看法才对。①

徐志摩的批评观显然与发端于他那个时代的崇尚客观分析与文本细读的英美新批评大相径庭。有学者指出，新批评对现代文论的"科学化趋势"作出了突出贡献。这一派的瑞恰慈把文学批评称为"应用科学"，燕卜逊则自居为"分析性批评家"，反对"欣赏性批评家"，并声称"无法解释的美让我恼怒"，兰色姆赞扬布鲁克斯，说他使诗学"科学化"，因为"他已经看到诗歌可以有精密的构造"。② 与新批评的科学化倾向相对立，徐志摩所崇尚的"整体领悟"式的文学批评，类似于传统的印象式批评，突出了读者和作品的精神契合和心灵感应，表现出极强的主观化和个性化色彩，甚至还有一点神秘感，例如他说，要完全领略一首小诗，"一半得靠你的缘分"，并自嘲说，在艺术鉴赏方面，"我真有点儿迷信"。③ 迷信正是科学所要破除的，徐志摩自称"迷信"，显然是要和"分析性批评家"与科学化批评划清界限。对他来说，为"无法解释的美"而恼怒无疑是可笑的，因为文学批评本来就是对文艺作品的"不期然的发现"。

从思想渊源来看，徐志摩的反科学主义立场明显受到了罗素的影响。1923 年初，徐志摩翻译、发表了罗素《教育里的自由——反抗机械主义》一文，在译者序中，他写道：罗素"所主张的简单一句话，是心灵的自由，他所最恨最厌恶的是思想之奴缚。他所以无条件的反对机械主义，反对科学主义之流弊"④。徐志摩在《唈死木

---

① 徐志摩：《济慈的夜莺歌》，《徐志摩全集》（第三辑），第 316 – 317 页。

② 赵毅衡：《重访新批评》第五章第一节"科学化批评"，成都：四川文艺出版社，2013 年。

③ 徐志摩：《济慈的夜莺歌》，《徐志摩全集》（第三辑），第 315 页。

④ 见徐志摩为罗素《教育里的自由——反抗机械主义》所作译序，赵遐秋、曾庆瑞、潘百生编：《徐志摩全集》（第三卷），南宁：广西民族出版社，1991 年，第 321 页。

死》一文中发挥罗素的观点指出：

　　人类共有的艺术，那是人类性灵活动的成绩，凡是受过教育的人们应得有至低限度的了解与会悟，因为只有在性灵生活普遍的活动的平面上，一民族的文化方才有向前进步的希望。①

　　正因为徐志摩高度推崇心灵的自由、灵魂的自由，并将文学艺术视为人类性灵活动的成绩，所以他明确表示"不很喜欢"德国人的文艺批评。他讽刺说，想着德国的批评家，就会"联想起中西大药房一类的药铺子，铺子里架上排列着整齐的药瓶，药瓶上贴着整齐的签条，签条上写着整齐的药名：散拿吐瑾不是泼拉图，百灵机不是玉树神油。德国派（现在差不多征服全球了！）批评的分类题签是各式各样的'呕死木死'（'-isms'），古典呕死木死，浪漫呕死木死，自然呕死木死……"② 徐志摩之所以将"主义"的复数译为"呕死木死"，显然是反对以各种"主义"的标签来区分、框限个性不一的作家，也反对带着"主义"的成心从事创作。所谓"呕死木死"，就是"愁死僵死"的意思，在他看来，概念化的批评与理论图解式的写作，都会束缚心灵的自由，从而令性灵僵死，最好的批评方式不是解剖和分析，而是"了解与会悟"。所谓"会悟"，亦即中国古代文论所谓"兴会""妙悟"，是心灵和心灵的对话，是性灵和性灵的感通。

　　从文学批评类型学的角度来看，徐志摩所反对的"教科书式批评"或德国式文艺批评，类似于当代学界所谓"学院批评"，他所推崇的"会悟"式批评，则类似于当代学界所谓"作家批评"。法国文学评论家蒂博代（Albert Thibaudet，1874—1936）在《六说文学批评》中将文学批评分为三类：一是"自发的批评"，即有教养者的批评，如新闻记者的批评；二是"职业的批评"，即专业工作者的

---

　　① 徐志摩：《呕死木死》，韩石山编：《徐志摩全集》（第二卷），天津：天津人民出版社，2005年，第167页。
　　② 徐志摩：《呕死木死》，韩石山编：《徐志摩全集》（第二卷），天津：天津人民出版社，2005年，第168－169页。

批评，如教授批评、学院批评；三是"大师的批评"，即艺术家的批评。① 蒂博代的文学批评类型说开启了当代批评类型论的先声。他所谓"职业的批评"，基本等同于今人所说的"学院批评"，他所谓"大师的批评"，又属于"作家批评"的范畴。有学者指出，中国当代文学批评领域存在着"学院批评"和"作家批评"这两种模式，两者各有弊端，"学院批评"过分地依赖理论从而导致批评与创作实际脱节，"作家批评"则欠缺理论从而导致批评的现象化而缺乏深度。② 徐志摩是诗人、散文家，在西方文学文论研究上也有一定造诣，他的富有浓郁诗人气质的诗论文评，不仅展现出"作家批评"的灵气和敏锐的艺术感觉，也颇具"学院批评"的思辨深度，值得深入探讨。

三、徐志摩的诗论及其风格特征

在徐志摩为数不多的诗论中，篇幅较长也较具代表性的主要是探讨 19 世纪至 20 世纪初英国诗人与诗作的《汤麦司哈代的诗》（1924）、《拜伦》（1924）、《济慈的夜莺歌》（1925 年）、《白朗宁夫人的情诗》（1928 年）等文。

虽然卞之琳认为徐志摩的诗思、诗艺"几乎没有越出过十九世纪英国浪漫派雷池一步"③，但作为一名批评者和译者，徐志摩在引介哈代的诗艺与人生哲学方面的建树，却不亚于他对英国浪漫派的译介和评述。除了译有二十余首哈代的诗作之外，他还撰写了《汤麦司哈代的诗》《汤麦士哈代》等评论文章，以及记录其拜访哈代经历的散文《谒见哈代的一个下午》。其中《汤麦司哈代的诗》一文不仅是中国学界较早系统介绍哈代诗思与诗艺的专文，也是国内

---

① 蒂博代著，赵坚译：《六说文学批评》，北京：生活·读书·新知三联书店，1989 年，第 3 页。

② 高玉：《"学院批评"与"作家批评"：当代文学批评的两种路向及其问题》，《思想战线》2005 年第 3 期。

③ 卞之琳：《徐志摩诗重读志感》，卞之琳：《人与诗：忆旧说新》，北京：生活·读书·新知三联书店，1984 年，第 24 页。

哈代研究中的经典之作。这篇诗论共有六节：第一节对东方诗人与西欧作家的创造力、生命力进行比较，热烈颂扬了西欧"文坛老将"如法国佛朗士、德国霍卜曼、英国萧伯纳等人老当益壮的矍铄精神和磅礴气概，痛心疾首地抨击了东方诗人和东方民族的精神颓唐、心灵贫乏和缺乏活力，表现出浪漫派诗人试图激发古老民族青春活力的热情；第二节高度赞赏了哈代的艺术创造力、文学造诣和自六十岁开始诗才大爆发的传奇；第三节简述哈代的人生哲学，纠正了"哈代是个悲观主义者"的通行论调，肯定了他对人生真相的倔强追问；第四节以《哈代诗选》（*Selected Poems of Thomas Hardy*）与《早期与晚期抒情诗》（*Late Lyrics and Earlier*）为依据，探讨了哈代与浪漫派诗人华兹华斯（William Wordsworth，1770—1850）在自然观上的截然对立，以及他与维多利亚时期诗人史文庞（Algernon Charles Swinburne，1837—1909）在人生态度和诗歌精神上的相契合；第五节阐述哈代诗歌中的悲观思想及对刹那光明的感悟，揭示了这位诗人在虚无中寻找信仰、在绝望中寻找希望的深层意向；第六节着重介绍了哈代追忆往昔的感伤之作，并通过将这类诗中的代表作《越过最后一盏街灯》（*Beyond the Last Lamp*）与法国印象派画家德加（Edgar Degas，1834—1917）的都市画相对照，提示读者从哈代的悲凉诗境中读出诗人对于文明社会败象的"警告"。

从结构来看，这篇万余字的诗论条理、逻辑较分明，初具西式论文的形态，但从行文风格上来看，更像一篇随兴而作的散文，文中涌动着不可抑勒的激情，闪耀着灼灼逼人的灵光，散布着启人深思的妙悟、妙喻，当然也不免有主观化的武断论调。诗论的开篇就异乎寻常，既非解题，也非概述学术史，而是在译介西方诗人赞美老年的名句之后，以诗一样的咏叹评说道：

这不是气馁了自慰的呼声，也不是自己躲在路旁喘息，却来鼓励旁人向前的诡辩——这是生命的烈焰，依旧燃烧着，生命的灵泉，依旧流动着……①

---

① 徐志摩：《汤麦司哈代的诗》，《徐志摩全集》（第六辑），第 176 页。

对于东方民族的心灵贫乏、缺乏活力，他慨叹道：

过去的锁闭的时代不必说，就如现在解放了的青年，给我们的印象也只是易荣易萎的春花，山间轻唱的涧水，益发增加我们想见茂荫大木的忧心，想见"黄河之水天上来，奔流到海不复还"的气象。①

在作足起兴造势的铺垫之后，他才转入正题说：

我现在要研究的诗人，他一生不绝的创造之流便是近代文艺界里可惊的一个现象，不但东方艺术史上无有伦比，即在西欧亦是件不常有的奇事。②

此说未免夸张，南宋诗人陆游终其一生赋诗不辍，他在《小饮梅花下作》一诗中自言，"脱巾莫叹发成丝，六十年间万首诗"；南北朝诗人庾信由南入北，文才愈盛，杜甫在《戏为六绝句》之一中赞其曰，"庾信文章老更成，凌云健笔意纵横"。这两个例子已足证东方艺术史上并非没有创造力不竭的文豪。不过，徐志摩对哈代毕生的艺术探索与人生探索的总评，虽然也有较强的主观性，却不失精准和深刻：

六十年继续的创造的生涯！六十年继续的心灵活动，继续的观察、描写、考虑、分析、解释、问难，天地间最伟大的两个现象，"自然"与"人生"；六十年继续的，一贯的寻求，寻求人生问题的一个解答！他是个真的思想家；他不是在空虚的整套的名词砌成的暗弄中摸索，不是在暗房里捉黑猫；他是运用他最敏锐的心力来解剖人类的意志与情感，写实的而不是幻想的，发现平常看不见的锁链，自然界潜伏着的势力，看不见的威权，无形的支配着人生的究

---

① 徐志摩：《汤麦司哈代的诗》，《徐志摩全集》（第六辑），第 178 页。
② 徐志摩：《汤麦司哈代的诗》，《徐志摩全集》（第六辑），第 178 页。

竟，无形的编排着这出最奥妙的戏剧，悲与趣互揉的人生。①

　　这段总评正是徐志摩对哈代的"整体领悟"，从作品出发，又深入作者内心，以自我的性灵感应他者的性灵，以自身的求索印证他者的求索，展现了一个新文化运动孕育的才子对英国维多利亚传统反叛者的深邃洞见，堪称哈代研究的思想指南。

　　除了哈代研究之外，徐志摩对19世纪英国浪漫派和维多利亚时代传奇诗侣白朗宁夫妇也有一定研究，代表性的成果为《济慈的夜莺歌》《拜伦》《白朗宁夫人的情诗》。其中《济慈的夜莺歌》主要分三部分②：第一部分以极具诗意的笔法和极华美的语言描述了他对《夜莺歌》的审美印象，讲述了《夜莺歌》的创作背景，赞美了《夜莺歌》永存人类记忆的艺术价值和诗人的"与自然谐合"的美学精神，并提出了"我们的济慈在哪里"的疑问；第二部分阐述了徐志摩本人的领略艺术如同看山景的审美理论以及"乘兴"而为的批评心态（参见本文第二节）；第三部分以翻译加评论的方式逐节解说了这首济慈的名作，探讨了诗人的"死是生命最高的奖赏"（Death is life's high meed）的终极感悟和以此为核心的生死观，并将雪莱诗境的热烈激昂与济慈诗境的忧郁静美作了比较。《白朗宁夫人的情诗》一文刊发于徐志摩创办的《新月》杂志。③ 这篇诗论几乎用了一半篇幅讲述他的婚姻爱情观和白朗宁夫妇的爱情传奇，后半部分才进入正题评说白朗宁夫人的传世情诗《葡萄牙人十四行诗集》（*Sonnets from the Portuguese*，1850）。撰写这篇诗论的时候，他和陆小曼备受争议的恋情才修成正果不久，他在文中指出，伟大的灵魂们永远是孤独的，在全部思想文艺史上，没有多少圆满的婚姻，但诗人白朗宁夫妇的结合却是"人类一个永久的纪念"④，他们的爱情是"性灵的化合"⑤。在这种几近顶礼膜拜的赞颂里，应当包含着与

① 徐志摩：《汤麦司哈代的诗》，《徐志摩全集》（第六辑），第182页。
② 全文见《徐志摩全集》（第三辑），第311–332页。
③ 全文见《徐志摩全集》（第六辑），第321–351页。
④ 徐志摩：《白朗宁夫人的情诗》，《徐志摩全集》（第六辑），第177页。
⑤ 徐志摩：《白朗宁夫人的情诗》，《徐志摩全集》（第六辑），第179页。

陆小曼相勉相期以及回应世人讥嘲的用意。

与以上三篇诗论相比，发表于 1924 年的《拜伦》一文，更为别出心裁。这是一篇梦话拜伦的奇文，采用了现代派小说的白日梦形式，率性纵情，随心所欲，完全无视正统的批评章法，突出体现了性灵化诗论的不羁风格。

拜伦生于 1788 年，卒于 1824 年，与济慈、雪莱同为代表积极浪漫主义精神的英国撒旦派诗人。徐志摩的这篇诗论是为纪念拜伦逝世一百周年而作，刊发于《小说月报》纪念拜伦专号，郑振铎在卷头语中指出："所以我们之赞颂拜伦，不仅仅赞颂他的超卓的天才而已，他的反抗的热情的行为，足以使我们感动，实较他的诗歌为尤甚……"[①] 在徐志摩的诗论中，作者首先描述了他和一位朋友关于是否应该纪念拜伦的对话。他的朋友是一个激愤的反浪漫主义者，对拜伦嗤之以鼻。这位朋友斥责拜伦是"一个滥笔头的诗人，一个宗教家说的罪人，一个花花公子，一个贵族"，又讽刺他"只是一个拐腿的纨绔诗人，一百年前也许出过他的风头，现在埋在英国纽斯推德（Newstead）的贵首头都早烂透了"，"他的诗也不见得比他的骨头活得了多少"，因此，认为他根本就不配受追悼。[②] 徐志摩并没有出言反驳，而是陷入了拜伦是否具有不朽价值的冥想之中。诗论的主体部分正是作者的白日梦。这个白日梦包含着多个画面。第一个画面是迷雾退去后的拜伦头像，它像太阳神阿波罗一样，有着庄严的天庭，不可侵犯的眉宇，放射着异样的光辉，但口角边微露着厌世的表情，像是蛇身上的文彩，圆整的鼻孔又像是大火山的决口。作者在梦中评论说，这是"一个比神更可怕更可爱的凡人""一个美丽的恶魔，一个光荣的叛儿"。[③] 第二个画面是拜伦在阿尔帕斯山（阿尔卑斯山）漫游，湖畔有草虫的讴歌，醉人的花香，温柔的水声，山上有急湍、冰河、幔天的松林、奇伟的石景，瀑布像是疯癫的恋人，只要一滑足，只要一纵身，这躯壳便崩雪似的坠入深潭，粉碎在美丽的水花中。作者在梦中评论说，"他是一个骄子：人间踏

---

① 郑振铎：《卷头语——诗人拜伦的百年祭》，《小说月报》1924 年第 15 卷第 4 期。
② 徐志摩：《拜伦》，《徐志摩全集》（第三辑），第 263 - 264 页。
③ 徐志摩：《拜伦》，《徐志摩全集》（第三辑），第 266 页。

烂的蹊径不是为他准备的，也不是人间的缭（镣）链可以锁住他的鸷鸟的翅羽"①。第三个画面是拜伦与雪莱在梨梦湖遭遇风浪（1816年），此处是卢梭的故乡。作者在梦中感慨道："这是历史上一个希有的奇逢，在近代革命精神的始祖（应指卢梭——笔者按）神感的胜处，在天地震怒的俄顷，载在同一的舟中。一对共患难的，伟大的诗魂，一对美丽的恶魔，一对光荣的叛儿!"② 在最后一个画面中，拜伦站在希腊西海岸梅锁朗奇（Mesolonghi）③ 的滩边（1824年），默想古希腊罗马的荣华，默想自己爱憎荣辱交织的身世，默想大自然的美景与愤怒，默想反叛的折磨与尊荣，感慨不能自已，于是脱下外衣跳进铁青色的水波。画面中回荡着"冲锋，冲锋，跟我来!"的呐喊。④ 徐志摩的白日梦到此结束。这篇神奇的诗论通过梦境演绎了拜伦的诗境、身世和功业，也通过梦境刻画了拜伦的人格特质、澎湃激情和叛逆精神，勾勒出一个融伟大的诗魂、光荣的叛儿与美丽的恶魔于一体的撒旦派诗人形象，有力地回应了拜伦是否值得纪念、其诗作与精神能否不朽的质疑，堪称拜伦评论中最光彩夺目的篇章之一。

杨振声在《与志摩最后的一别》中评价徐志摩的散文艺术说，他那"跑野马"的散文，用字生动活泼，联想富丽，生趣充溢，"像夏云的层涌，春泉的潺湲"⑤。梁实秋也认为，徐志摩的散文确如他本人所说的"跑野马"，但是"跑得好"，其因有三：一是"永远保持着一个亲热的态度"，"像和知心的朋友谈话"；二是"随他写去，永远有风趣"；三是"他的文章永远是用心写的"。⑥ 其实，徐志摩的代表性诗论都是散文体的文学批评，也都体现出"跑野马"的风格特征，乘兴而发，率性而作，恣意驰骋想象，快意抒发胸臆，大量运用比喻、象征、拟人、夸张等修辞手法，迥异于严肃的教科书

① 徐志摩：《拜伦》，《徐志摩全集》（第三辑），第 268 页。

② 徐志摩：《拜伦》，《徐志摩全集》（第三辑），第 270 – 271 页。

③ 通译梅索朗吉昂，希腊西海岸城市。拜伦投身希腊革命时，率领一支招募的队伍在此登陆，不久患病辞世。

④ 徐志摩：《拜伦》，《徐志摩全集》（第三辑），第 281 页。

⑤ 杨振声：《与志摩最后的一别》，《徐志摩全集》（第一辑），第 393 – 394 页。

⑥ 梁实秋：《谈志摩的散文》，《徐志摩全集》（第三辑），第 385 – 388 页。

式批评，也迥异于排斥比喻、想象的纯粹理性思辨，与传统的妙悟式批评和西方的唯美印象主义批评交相辉映，构成了中国现代文学批评史上的一道奇观。

附　录

心灵的重构与生命的重生

——解析龚刚的两首诗

李 磊

　　在当代中国文坛和诗坛，探讨澳门大学龚刚教授的文论和诗歌是有必要的。尤其在中国诗学和诗歌审美日渐混乱的今天，诗歌逐渐失去了人文精神和价值关怀，语言上看似冷静，其实全是冷漠的表达，充斥着媚俗和低俗、荒诞和荒唐、无情和无趣的时候，诗人龚刚却依然保持着中国诗歌审美的基本精神：把对生命的观照作为其诗歌的主题，在时间和空间上，探索人的心灵结构，在浪漫情感的流脉背后，蛰伏着想象力对知性的追逐，坚守着纯粹与刻骨的疼痛感和悲剧之美，从而使其诗歌闪烁出理想主义的人性光辉。正如他在其《诗歌本体论：关于反抒情》文中所言：一句话，不矫情、不滥情、不为欲望左右的抒情才是真抒情，不媚俗、不矫饰、从心而出，并能照亮生命的诗才是真诗。因此，他的诗歌常常置抽象的时间为具象，取广辽的空间为结构，为人心的灵性赋予情趣和哲理，不但珠圆玉润，而且余味深长。看龚刚的诗《你和李白早有一场约会》：

　　　　我知道你是骑着唐马走的
　　　　你和李白早有一场约会
　　　　你迟迟没有赴约
　　　　因为你有九条命
　　　　剩下的一条　你要用来下酒
　　　　把岁月品出卤香

　　　　你早就蹚过了浅浅的海峡
　　　　你的乡愁
　　　　是坟里头的母亲

是策马行侠的盛唐

台北的冷雨你听过
黄河的栈道你走过
江南巷口的杏花
闻一闻　就醉了

你不喜欢哭哭啼啼的李煜
你总爱往清淡的日子　撒一点胡椒
有一次撒多了
吓走四个女婿
就像李白的醉书

吓走就吓走吧
只有误解的人
没有误解的爱

看过了花开
也看过了花谢
你放下酒杯
拍拍李白留下的五花马
淡淡一笑说　上路吧

　　谢冕先生在谈到"诗艺的创格"时说到，格式是单纯的，诗句也是单纯的，但自定的诗格却繁衍出丰富的节律变化，从而造出繁复而单纯的综合美感。我认为，龚刚教授的这首诗歌正好符合他的老师的诗格标准。由此可见，一首好的诗歌应该是朴素的，在朴素的叙述中给人温暖，又隐隐有些伤痛。诗人龚刚用宁静、简洁而生动的语言，使"骑着唐马"的余光中与飘逸诗仙"李白"在一起约会，具有了"卤香"与"酒"的浓烈和"杏花"的温柔，从而揭示了生命和美的力量，在这里，他没有正面描写余光中先生的离去，而是通过对"母亲""冷雨""海峡""黄河栈道"和"江南杏花"的隐喻，把余先生的生活细节从"约会"中提炼出来，尤其是大气盛唐的生活细节，如"策马行侠""酒杯"和"五花马"等，仿佛余光中先生没有去到天国，而是去了"盛唐"，与"李白"相约，从而象征着先生虽去，但穿越了生命时光，与历史"约会"，与时间"约会"。

在这里，龚刚似乎在写"约会"，其实真正咀嚼并品味的是自己内心的情感，只是借助两位先贤的"约会"为契机，其思绪从眼前的余光中想到远古的诗仙李太白，从品尝岁月的"酒"和"卤香"回味到"黄河栈道"的"冷雨"和"江南巷口"的温柔"杏花"，一股思念之情油然而生，而感情却相当节制，变悲痛离别为温情约会，仿佛在告诉我们，余先生的身体与灵魂都已回归到盛唐和天国，从而让诗人之死变得神圣。其情感表现也是层次分明，自然铺叙。尤其还写了一个"哭哭啼啼的李煜"，"撒一点胡椒"却"吓走四个女婿"，最终变成了李白的"醉书"，似乎有些幽默，实际上是通过三个人物的不同安排，揭示了"策马"的李白、"哭啼"的李煜、"乡愁"的余光中三人之间的历史传承和诗人沉浮的命运。最后，诗人龚刚为余光中先生安排了淡淡的告别词，"放下酒杯"，"上路吧"。余光中洒脱而来，自得而去，不是死亡，而是与古代诗人李白还有李煜"约会"。一场生离死别，变成了诗人和历史的相约，情感与心灵的相会，在淡淡地静看花开花落之中，完成了诗人奇绝而辉煌的一生。这首诗在意蕴上一反前人哀悼诗的写法，而是为先人的离去创设了一个有趣的语境，没有了前人面对死亡的悲凉心态，可见龚刚教授在创作时的独具匠心。其诗歌的语言也是简约明晰、丰润舒阔，仿佛在清淡的酒里洗过一般。这就是纯粹抒情诗意义上的诗歌语言。诗人龚刚不事雕琢，语言质朴、透亮、刚健，刻画着诗人的潇洒与沉浮，使其诗歌的意境具有酒的力量与诗性的崇高。

然而，如果我们仅仅读出这些是不够的。龚刚其实无法掩饰自己的忧伤，他的心中对余先生的故去极度悲痛，但他把疼痛隐藏在酒里，在诗歌的字里行间。他通过对人们熟悉的场景进行貌似轻松的描述，就如同描述自我身体的伤痛一样，先生故去的痛苦使他颠覆。人们说：含着眼泪的微笑才是最美的。或许，诗人龚刚太热爱余先生，他需要读者介入自己的情感和想象，从而以不同的角度来理解和阐述心中的余光中。其实，在这首诗中，我看到了龚刚教授是借助死亡的"约会"来揭示"生命的重生"，他平静地眺望历史与记忆。如"吓走就吓走吧，只有误解的人，没有误解的爱"，似乎突兀，其实却是在表达诗人自我的内心感受，他如何突破世俗生活中的阻碍而深入生命和爱情的栖居之地，没有误解的爱代表了一种思考的力量。因此，他的"痛"是实在的，代表着神性之爱，而与尘世之爱相交叠的伟大"约会"之情无所不在。诗人龚刚是否是让任何诗者或普通人干干净净、安安静静地生存在时间和空间里，成为一个有良知、有情感的赤子领受着所有的爱呢？这就是我想说的，诗人或者人需要"诗意地栖居"，这就是怀着一颗悲悯的心感受着天空、大地、历史和未来的美好与爱恋，这种感恩即是神性，安静而透明，通过永不消散的爱和忧伤洗涤着诗人的灵魂。

当代著名诗人臧棣认为：诗歌就在于重新辨认出我们和世界之间最本质的联系。现代人的生存状态过于倚赖我们的社会身份，但这种倚赖却越来越不可靠。这些社会身份正日益变得错综复杂，正是在这种错综复杂的纠结中，我们的生命力已渐渐丧失了与自然、与世界的单纯的联系。因此，我们可以看到，在诗歌创作中，龚刚教授并没有依赖他作为一个著名学者的社会身份，而是重新把自己建构成一个诗人，他旺盛的生命力正与世界和自然建立一个单纯的联系，从而重构了他作为诗人的"性灵"。看他的另一首诗《我喜欢站在夏日的树荫下》：

> 我喜欢站在夏日的树荫下
> 那些重叠交错的树叶
> 相依相戏　喋喋轻语
> 把刺眼的阳光和天空
> 丢弃在另一个季节
>
> 我喜欢站在夏日的树荫下

触摸绕指而过的凉风
倾听隐约可辨的鸟声
像山泉中的游鱼
在岩石的夹缝中
自由地呼吸

我喜欢踮起双脚
走在裸露的根蔓上
走向草坪深处
专注于
一枚跌落草丛的露珠
把环视四周　与远方为敌的高楼
抛在身后

我喜欢带着树荫旅行
我喜欢对着河流歌唱
我喜欢在公路的尽头
嗅到原野的气息
我喜欢　在树影朦胧的午夜
看着你的眼睛
那里有深情的月光
比岁月还要久远

　　这首诗是从一连串的"我喜欢"开始的，那么诗人龚刚他"喜欢"什么呢？我以为，这一系列的"喜欢"保持了他一贯的抒情风格和美学思想：以优美朴素的想象和空灵洒脱的意境打动人心；以对人生的理解和生命的把握述说希望和信仰，从而抵达诗歌的艺术价值和美学意义。一句话，诗人龚刚期待用诗歌的"美、自由和爱"来构筑一个单纯的诗歌的世界。在这里，龚刚首先"喜欢"的是天空和大地的自由之美。他选择了"夏日的树荫"，在一片阴影中，他看到了"重叠交错的树叶，相依相戏，喋喋轻语"，在我看来，龚刚是想超脱人间"刺眼"的阳光和"另一个季节",在心灵深处建立"相依相戏"的自由和"喋喋轻语"的世界。这一心灵呼应的瞬间感受,也许正是诗人的多情向往,通过"刺眼"和"相依"的比较,反映他隐秘的心路历程和价值取向,在不经意间展示了他孤傲的灵魂和爱的慰藉。于是,他把目光投向了"山泉中的游鱼"和"岩石的夹缝",他听到了"绕指而过的凉风""隐约可辨的鸟声",感受到它们在"自由地呼吸"。一方面,他依据一些随手拈来的富有主观色彩的意象,展示出当代人逼仄的生存状态,但"绕指的凉风"和"自由的呼吸"可以通过。另一方面,诗人龚刚在这种生活状态中,心是如此焦灼,期待着自由与自在的呼吸。那些"风""鸟"和"鱼"正是他心灵的自我写照,那虚幻和空灵之美正是他对"夹缝"的生存状态的一种反叛。这些深刻的人生体验促使他走向"裸露的根蔓"和"草坪深处","专注于一枚跌落草丛的露珠",并把"与远方为敌的高楼抛在身后",从而把无形的忧愁转换成有形的"根蔓""草坪"和"露珠",当心灵里的期待变成一种可以触摸的生命时,我相信诗人龚刚会有一种突如其来的充实感,心醉神迷。即使那颗"露珠"如梦幻般稍纵即逝,然而,美和自由并不因为某种东西的消亡而消亡,因为,它们已经藏在了诗人的心间,藏在了人类期待的梦中和现实之中。正如哈贝马斯探讨"审美现代性批判"时所说,这不仅因为他敏锐地洞察到现代性自身内部已经发生的分裂,即主体和客体、人与自然、感性和理性、个人和社会的对立,还因为他最早试图通过审美来寻找一条解决现代性分裂的途径。诗人龚刚正是试图通过在"夏日的树荫"下对自然和人类生存状态的叙述,给自己的"性灵"注入新的生命活力,寻找一条解决内心忧患的途径。

如果说龚刚在这首诗中仅仅为了解决一种内心忧虑,寻求心灵自由的话,其实并没有真正理解他诗歌的目的。我们可以看到,他的目光已经从自由和自然回归到自己的内心,回归到他爱情的世界。因为,在他眼中,爱情或许对一个人来说,是比自然和生命还要美丽的存在。我们可以看到,此时的龚刚"带着树荫旅行""对着河流歌唱"，带着"原野的气息"，"在公路的尽头"和"树影朦胧的午夜"，回归到"你的眼睛"和"深情的月光"，因为，这月光"比岁月还要久远"。在这里，诗人龚刚把自由精神转换为个体生命的原型，从而获得爱情的永恒意义。他没有满足于对自然世界的解读，而是把自然生命上升到爱情生命，昭示了诗人那一片更加湛蓝的爱情天空，从而达到人格完美的自我世界。这里有一个非常有趣的现象，这首诗歌的前半节一直在表现诗人的自然和自由之心，而最后一节却义无反顾地归宿于"深情的月光"，或许这就是他的宿命。由此也可以看到，自由的意义在于，有爱的自由或许会更加自由，人类无法孤独地前行，而爱情正是我们追求自由的动力之一，这也使这首激情篇章从个人情怀变成了人类共同的思考。正如荷尔德林所言：诗人不是在哲学的思辨中而是在美的艺术和诗中实现自身的最高使命。最终，诗又将像在开端一样成为人类的教师；不再有哲学，不再有历史，唯有诗歌艺术能够超越其余所有的科学和艺术而长存。

诗人和教授龚刚在诗歌创作上依然保持他"性灵"的特色，他的诗歌尤其具有音乐性。每一行诗歌根据情感的变化精心配制音韵和节奏，尤其用了一些排比和比喻。时而句子短小，音调急促而清脆，如珠玉落盘，与他骤生感触的心境有关；时而浑厚沉稳，音调叠加，与他思考的深沉与寂静相和谐。一些复沓的句式正符合他万般情愁的紊乱心绪，而那些坚定直率的句式又与他凄迷而朴素的风格相一致。他的诗歌节奏鲜明，音韵富于变化，长短句琴瑟和鸣而相得益彰，达到了心曲和乐感的相统一，从而使其诗歌获得了诗意和诗形的"性灵"美感。

总之，龚刚教授的诗内涵丰润，时空开阔，善于在朴素的意象中找到深刻的哲思，主题庄重而严谨，多用叙述的方式，风格性灵而徐缓。他通过对人类生存、大地秘密的最终追问和解读，对自由和爱的永恒追求和探寻，融理性于诗歌感性之中，置理想于诗歌的性灵之中，展示了他诗意的创新、生命的重生和心灵的重构，从而闪烁出理想主义的人性光辉。正如荷尔德林所言：哲学固然是人类精神的一种必要的理性能力，但它却是有限的片面的能力。哲学表现的只是心灵的一种能力，而诗表现的是人的各种不同的能力；哲学在其抽象过程中忘记了个性的和生机勃勃的东西，而诗则是充满生命的艺术。

（原载 2018 年 12 月 12 日《澳门日报》副刊《镜海》，有删改，作者为湖北省作家协会会员、广州外语协会副会长）